Bianca

Lynne Graham

Alianza por un heredero

D0813997

HARLEQUIN

Editado por HARLEQUIN IBÉRICA, S.A.
Núñez de Balboa, 56
28001 Madrid

© 2012 Lynne Graham. Todos los derechos reservados.
ALIANZA POR UN HEREDERO, N.º 2277 - 18.12.13
Título original: A Ring to Secure His Heir
Publicada originalmente por Mills & Boon®, Ltd., Londres.

I.S.B.N.: 978-84-687-3597-9
Depósito legal: M-27161-2013
Editor responsable: Luis Pugni
Fotomecánica: M.T. Color & Diseño, S.L. Las Rozas (Madrid)
Impresión en Black print CPI (Barcelona)
Fecha impresion para Argentina: 16.6.14
Distribuidor exclusivo para España: LOGISTA
Distribuidor para México: CODIPLYRSA
Distribuidores para Argentina: interior, BERTRAN, S.A.C. Vélez
Sársfield, 1950. Cap. Fed./ Buenos Aires y Gran Buenos Aires,
VACCARO SÁNCHEZ y Cía, S.A.

Capítulo 1

NECESITO un favor –había dicho Socrates Seferis, y su ahijado, Alexius Stavroulakis, lo había dejado todo para volar mil quinientos kilómetros y acudir en su ayuda. Socrates había sido extrañamente misterioso respecto a la naturaleza del favor, alegando que era un asunto confidencial del que no podía hablar por teléfono.

Alexius, de metro ochenta y cuatro de altura y con cuerpo de atleta profesional, era un notorio millonario de treinta y un años de edad con una flota de guardaespaldas, limusinas, propiedades y aviones privados a su disposición. Famoso por la dureza de sus tácticas en los negocios y por su naturaleza agresiva, Alexius nunca bailaba al son de nadie, pero Socrates Seferis, de setenta y cinco años, era un caso especial. Durante muchos años había sido el único visitante que Alexius había tenido durante su estancia en un internado en el Reino Unido.

Socrates, un hombre que se había hecho a sí mismo, era un multimillonario poseedor de una cadena internacional de hoteles turísticos. Sin embargo, el padrino de Alexius no había sido tan afortunado en su vida privada. La esposa a la que Socrates había adorado, había fallecido al dar a luz a su tercer hijo. Sus hijos se habían convertido en adultos terribles, malcriados, vagos y extravagantes, que en muchas ocasiones habían avergonzado a su honorable y bondadoso padre. Alexius veía a Socrates como ejemplo de por qué ningún hombre sensato debería tener hijos. A menudo los hijos eran desleales, molestos y difíciles; no entendía por qué algunos de sus amigos se empeñaban en estropear vidas que, sin hijos, habrían seguido siendo tranquilas y civilizadas. Alexius no pensaba cometer ese error.

Socrates dio la bienvenida a Alexius desde un sillón en su lujosa casa en las afueras de Atenas. Los refrescos llegaron antes de que se sentara.

–Dime –dijo Alexius, con expresión seria en sus rasgos finos y morenos y los ojos plateados, que volvían locas a las mujeres, tan fríos como siempre–. ¿Qué es lo que va mal?

–Nunca fuiste paciente –se burló el anciano, con ojos oscuros chispeantes de humor–. Bebe algo, lee el informe antes...

Alexius, impaciente, levantó la fina carpeta que había sobre la mesa y la abrió, ignorando la bebida. Lo primero que vio fue una foto del rostro y los hombros de una joven pálida, recién salida de la adolescencia.

–¿Quién es? –preguntó.

–Lee –le dijo Socrates a su ahijado.

Soltando el aire con exasperación, Alexius hojeó el informe. El nombre Rosie Gray no significaba nada para él. Cuanto más leía, menos entendía la relevancia de la información.

–Se llama Rosie –murmuró Socrates, abstraído–. Mi difunta esposa también era inglesa. Y su nombre de pila era Rose.

Alexius estaba sorprendido por lo que había leído.

Rosie Gray era una chica inglesa que había crecido en un hogar de acogida en Londres, trabajaba como limpiadora y llevaba una vida de lo más ordinaria. No entendía el interés de su padrino en ella.

—Es mi nieta —dijo Socrates.

—¿Desde cuándo? —Alexius lo miró con incredulidad—. ¿Esta mujer intenta timarte?

—Sin duda eres el hombre correcto para el trabajo —le dijo Socrates a su ahijado, satisfecho—. No, no intenta timarme, Alexius. Por lo que yo sé, ni siquiera conoce mi existencia. Siento curiosidad por ella, por eso te pedí que vinieras a hablar conmigo.

—¿Por qué crees que es tu nieta? —Alexius volvió a mirar la foto: una chica anodina de cabello claro, grandes ojos vacíos y sin personalidad aparente.

—Lo sé a ciencia cierta. Conozco su existencia desde hace más de quince años, y entonces se le hizo una prueba de ADN —admitió Socrates—. Es hija de Troy, concebida cuando él trabajaba para mí en Londres, aunque no se puede decir que trabajara mucho —soltó una risa amarga—. No se casó con la madre de la chica. De hecho, ya las había abandonado antes de fallecer. La mujer se puso en contacto conmigo, buscando apoyo financiero, e hice una aportación sustanciosa para ella y la niña. Por las razones que fueran, la niña no vio un céntimo del dinero y la madre la entregó al sistema de casas de acogida.

—Muy desafortunado —comentó Alexius.

—Peor que eso. La chica ha crecido con todas las desventajas posibles y me siento muy culpable por ello —admitió el hombre con voz pesada—. Es mi familia y podría ser mi heredera...

—¿Tu heredera? —se alarmó Alexius—. ¿Una chica

a la que ni siquiera conoces? ¿Y la familia que ya tienes?

—Mi hija no tiene descendencia y ninguno de sus tres maridos ricos ha podido soportar su forma de gastar —respondió Socrates con voz plana—. El hijo que me queda vivo es drogadicto, como sabes, y ha pasado por rehabilitación varias veces, sin éxito...

—Pero tienes un par de nietos.

—Tan derrochadores y poco fiables como sus padres. Mis nietos están bajo sospecha de haber cometido fraude en uno de mis hoteles. No pienso desheredar a ninguno de ellos —dijo Socrates con voz triste—, pero si esta nieta es la persona adecuada, le dejaré el grueso de mi fortuna.

—¿Qué quieres decir con «persona adecuada»? —preguntó Alexius con el ceño fruncido.

—Si es una chica decente con el corazón en su sitio, será bienvenida aquí conmigo. Tú eres un hombre de honor y confío en ti para que juzgues su carácter en mi lugar.

—¿Yo? ¿Qué tengo yo que ver con este asunto? ¿Por qué no puedes volar tú allí y conocer a la chica? —exigió Alexius, juntando las cejas.

—Creo que no es buena idea. Cualquiera puede disimular durante un par de días. No tardaría en comprender que le convendría impresionarme —el anciano suspiró, mostrando en el rostro una vida de cinismo y desilusiones—. Me juego demasiado para confiar en mi propio juicio... Anhelo que sea distinta al resto de mi familia. Mis hijos me han mentido y traicionado por dinero demasiadas veces, Alexius. No quiero hacerme esperanzas sobre la chica y quedar como un tonto otra vez. No necesito a una aprovechada más en mi vida.

–Me temo que sigo sin entender qué esperas que haga yo –admitió Alexius.

–Quiero que investigues a Rosie antes de arriesgarme a iniciar una relación.

–¿Que la investigue?

–No, quiero que la conozcas, que la analices por mí –le confió Socrates con una mirada esperanzada–. Significa mucho para mí, Alex.

–¿No lo dirás en serio? ¿Me estás pidiendo que conozca a una,... limpiadora? –preguntó Alexius con incredulidad.

–Nunca te consideré un esnob –dijo el anciano con rostro serio.

Alexius se tensó, preguntándose cómo podía ser de otra manera con sus antecedentes. Su árbol genealógico estaba repleto de ricos griegos de sangre azul.

–¿Qué podríamos tener en común? ¿Y cómo podría conocerla sin que ella adivinara que había algo extraño en mi interés?

–Contrata a su empresa de limpieza... Si lo piensas, se te ocurrirán otras ideas –afirmó Socrates Seferis con confianza–. Sé que es un gran favor y que estás muy ocupado, pero no conozco a nadie más en quien pueda confiar. ¿Quieres que se lo pida a mi hijo, su tío, o a uno de sus poco fiables primos?

–No, no sería justo. Considerarían competencia a un nuevo miembro de la familia.

–Exacto –Socrates pareció aliviado por la comprensión del joven–. Estaré en deuda contigo si te ocupas de este asunto por mí. Si la tocaya de Rose resulta ser avariciosa o deshonesta, no necesito saber los detalles. Solo necesito saber si merece la pena correr el riesgo.

–Lo pensaré –dijo Alexius con desgana.

–No tardes mucho. No me estoy haciendo más joven –le advirtió Socrates.

–¿Hay algo que debería saber? –inquirió Alexius, preocupado de que Socrates le estuviera ocultando algún problema de salud. Aunque lo enternecía la confianza del anciano en su buen juicio, no quería la tarea. Su sexto sentido le advertía que podía ser un cáliz envenenado–. Tienes otros amigos...

–No tan astutos o experimentados como tú con las mujeres –replicó Socrates–. Tú sabrás cómo es en realidad. Estoy convencido de que no conseguirá engañarte.

–Lo pensaré –Alexius suspiró–. ¿Estás bien?

–No tienes por qué preocuparte.

Alexius sí estaba preocupado, pero la expresión obstinada de Socrates le impidió exigir más respuestas. Ya estaba bastante desconcertado por su franqueza. Su padrino había enterrado su orgullo y abierto su alma al admitir la decepción que habían sido para él sus tres hijos adultos. Alexius entendía que el anciano no quisiera añadir otro peso muerto a su círculo familiar, pero no le gustaba cómo había abordado el problema.

–Supongamos que esta chica es la buena nieta que deseas. ¿Cómo se sentirá cuando descubra vuestro parentesco y sepa que soy tu ahijado? Sabrá que todo ha sido un montaje...

–Y entenderá la razón si llega a conocer al resto de mi familia –se zafó Socrates–. No es un plan perfecto, Alexius, pero es la única forma de que pueda enfrentarme a la posibilidad de dejarla entrar en mi vida.

Tras cenar con su padrino, Alexius voló de vuelta a Londres con la mente confusa. Vivía para el reto de los negocios, para ir siempre un paso por delante de sus competidores y la emoción de derrotar a sus enemigos. ¿Cómo iba él a saber si la desconocida nieta de su padrino era una persona adecuada para convertirse en heredera del anciano? Era una responsabilidad enorme y un reto desagradable, dado que Alexius no se consideraba un «hombre de gentes».

De hecho, su vida privada estaba tan reglamentada como su vida pública. No le gustaban las ataduras y entregaba su confianza a muy pocos. No tenía familia propia y pensaba que esa carencia lo había endurecido. Sus relaciones nunca eran complicadas y con las mujeres solían ser tan básicas que a veces lo disgustaban. Siempre había evitado a las que querían compromiso, y las otras, las bellezas insulsas que compartían su cama, a veces ponían un precio a sus cuerpos que habría avergonzado a una prostituta. Pero él no era hipócrita, era consciente de que, en cierto sentido, pagaba sus servicios con el atractivo de la publicidad de ser vistas en su compañía, la ropa de diseño, los diamantes y el lujoso estilo de vida que les proporcionaba. Todas esas mujeres tenían un talento natural para forrarse los bolsillos pero, a su modo de ver, su avaricia no era peor que su propio deseo de satisfacción sexual.

–¿Qué tiene de especial este trabajo? –exigió Zoe con impaciencia–. ¿Por qué tenemos que venir hasta aquí?

Rosie contuvo un suspiro mientras empujaban juntas el carrito de la limpieza hacia el ascensor, tras haber mostrado su identificación a la plantilla de seguridad de la puerta.

–Industrias STA es parte de un consorcio y, aunque sea un contrato pequeño, esta es su sede. Vanessa cree que si damos un buen servicio conseguiremos más trabajo y nos ha elegido porque dice que somos sus mejores trabajadoras.

La atractiva morena que iba con Rosie hizo una mueca de disgusto.

–Puede que seamos sus mejores trabajadoras, pero no nos paga como si lo fuéramos, y me costará más dinero venir hasta aquí.

A Rosie tampoco le gustaba el cambio en su rutina pero, dado el clima económico, era un alivio tener un empleo regular, por no hablar del alojamiento que lo acompañaba. Una semana antes, inesperadamente, se había encontrado sin hogar; Vanessa había evitado que Rosie y su perro, Baskerville, acabaran en la calle con todas sus posesiones. Tardaría bastante en dejar de agradecerle que le hubiera permitido ocupar una habitación amueblada a buen precio, en un edificio que tenía alquilado y en el que se alojaban varios empleados más.

La pequeña empresa de limpieza de oficinas de Vanessa Jansen solo conseguía contratos ofreciendo precios más bajos que sus competidores, lo que suponía beneficios mínimos y que no hubiera subidas de salarios. Eran tiempos difíciles en el mundo de los negocios; los recortes en gastos no esenciales habían supuesto que Vanessa perdiera a un par de clientes habituales.

–Nunca te pones enferma ni llegas tarde. Sé que puedo confiar en ti y eso es poco habitual –le había dicho su jefa con calidez–. Si conseguimos más trabajo gracias a este contrato, te subiré el sueldo, te lo prometo.

Rosie estaba acostumbrada a que Vanessa rompiera ese tipo de promesas, pero había sonreído por pura cortesía. Era limpiadora porque el horario le convenía y le permitía estudiar durante el día, no porque le gustara serlo. Podría haberle dado a Vanessa consejos prácticos para mejorar su negocio. Sin embargo, ella no los habría apreciado, así que callaba respecto a compañeros que vagueaban y hacían mal su tarea por falta de supervisión. A Vanessa se le daba muy bien hacer números y buscar clientes, pero era una mala gerente, que apenas salía de su despacho. Esa era la auténtica razón de que su empresa tuviera problemas.

Rosie había aprendido hacía mucho que no se podía cambiar a la gente. Al fin y al cabo, había intentado cambiar a su madre durante años; la había animado, apoyado, aconsejado e incluso suplicado, pero no había servido de nada porque la madre de Rosie no quería cambiar. Había que aceptar a la gente como era, no como uno quería que fueran. Recordaba innumerables sesiones supervisadas con su madre, en la que había intentado brillar lo suficiente para que su difunta madre se interesara en criarla. Pero había sido energía malgastada, porque Jenny Gray había estado mucho más interesada en el alcohol, los chicos malos y su intensa vida social que en la única hija que había concebido con toda intención.

—Pensé que tu padre se casaría conmigo, y que estaría bien situada de por vida —le había confiado su madre una vez, hablándole de su concepción—. Era de familia rica, pero él no servía para nada.

Rosie, por su parte, pensaba que muchos hombres no servían para nada y que las mujeres eran mejor compañía. Los hombres con los que había salido estaban obsesionados con el sexo, el deporte y la cerveza. Como ella tenía mejores cosas que hacer en su escaso tiempo de ocio, hacía meses que no tenía una cita. En cualquier caso, tenía que admitir que los hombres no la perseguían por las calles. Rosie solo medía un metro cincuenta y cuatro y era plana como una tabla, por delante y por detrás; carecía de las curvas femeninas que atraían al sexo opuesto. Durante años había tenido la esperanza de que fuese una cuestión de «desarrollo tardío» y de que un día su cuerpo se transformaría. Pero tenía veintitrés años y seguía siendo muy delgada y poco curvilínea.

Un mechón de pelo rubio le rozó la mejilla y alzó la mano para ajustarse la cola de caballo. Gruñó cuando la goma se rompió y rebuscó en los bolsillos para ver si tenía otra, sin éxito. Su largo cabello ondulado cayó como una cortina a su alrededor y se preguntó, por enésima vez, por qué no se lo cortaba por pura comodidad. Pero sabía la razón: su madre de acogida, Beryl, le había dicho a menudo que tenía el cabello muy bonito. Sintió un pinchazo de tristeza; aunque habían pasado tres años desde la muerte de Beryl, Rosie seguía echando de menos su sentido común y su afecto. Beryl había sido más madre para Rosie que su madre biológica.

Alexius estaba en el despacho de uno de sus secretarios, intentando trabajar, pero lo irritaba que las cosas no estuvieran donde esperaba encontrarlas. Su manipulador padrino, Socrates, era el culpable de la farsa. Apretó los dientes al oír el sonido de un aspirador en la planta. Por fin habían llegado las limpiadoras y podía iniciar el maldito juego. Se sentía tenso porque no le gustaban las decepciones. Sin embargo, habría sido imposible conocer a una limpiadora siendo quien era. Era más sensato simular ser un empleado, y confiar en que Rosie Gray no lo reconocería como Alexius Stavroulakis. Dudaba que ella leyera el *Financial Times,* en el que su foto salía a menudo, pero cabía la posibilidad de que fuera aficionada a las revistas de celebridades, en las que también salía a veces. Cuanto más lo pensaba, más le parecía que habría sido mejor intentar coincidir con ella accidentalmente, fuera de las horas de trabajo.

Rosie iba de despacho en despacho, realizando las tareas rutinarias, mientras Zoe se ocupaba del otro extremo del corredor. Solo había un despacho ocupado, con la puerta abierta. Odiaba tener que limpiar alrededor de los empleados que trabajaban tarde, pero no podía arriesgarse a omitir esa sala, era la encargada de garantizar que todas las tareas que incluía el contrato se cumplieran a rajatabla. Miró dentro del despacho y vio a un tipo grande de pelo negro trabajando en un ordenador portátil. Él alzó la vista de repente, revelando unos ojos gris hielo, brillantes como mercurio líquido, en un rostro delgado y moreno. A Rosie le pareció guapísimo.

Alexius la miró fijamente, estudiando a su presa sin reconocerla. Rosie Gray no le había llamado la atención en la foto en blanco y negro, pero en carne y hueso era resplandeciente, inusual... y diminuta. Tenía un aspecto tan delicado y frágil como un elfo de cuento de hadas. Aunque su tamaño casi le hizo sonreír, su rostro y su cabello lo hechizaron. Su pelo era una gloriosa cascada rubia, de un color tan pálido como el sol destellando en la nieve. Su cara era triangular con enormes ojos verdes como el océano, nariz pequeña y una boca carnosa, hecha para pecar, la fantasía erótica de cualquier hombre. De cualquier hombre que tuviera fantasías eróticas; él no las necesitaba, todas las mujeres estaban siempre disponibles para Alexius. Sin embargo, los suculentos labios rosa eran de lo más sexy, aunque no era un pensamiento que quisiera tener respecto a la nieta de su padrino. Lo extraño de la situación lo estaba desequilibrando.

Al encontrarse con esos ojos claros enmarcados por pestañas negras y rizadas, Rosie tragó saliva y su corazón se desbocó. Era impresionante, con pómulos altos, nariz recta, mandíbula fuerte y angulosa y boca sensual y perfectamente dibujada. Pero no tardó en reconocer la impaciencia de su expresión, así que se retiró del umbral y se fue por el corredor. Un timbre de alarma sonó en su cabeza: ese no era un hombre al que quisiera interrumpir o incomodar. Pasaría el aspirador por la sala de reuniones y volvería después para ver si se había ido.

Alexius se tragó un gruñido de exasperación cuando ella se fue. Era un hombre acostumbrado a que las mujeres se esforzaran por atraer su atención. Había sido un ingenuo al esperar que la limpiadora se acercara a charlar con él. Fue hacia la puerta y miró la pequeña figura que se alejaba tirando de un aspirador.

—No estaré aquí mucho más —su voz profunda resonó en el silencioso edificio.

Rosie se dio la vuelta y lo miró con ojos verdes claramente aprensivos.

–Puedo limpiar la sala de reuniones antes...

–Eres nueva aquí, ¿no? –dijo Alexius, preguntándose qué tenían esos ojos y ese rostro para llamarle tanto la atención.

–Sí, es nuestro primer turno aquí –murmuró ella–. Queremos hacer un buen trabajo.

–Seguro que lo haréis –Alexius la vio tirar del aspirador, casi tan alto como ella y bastante más voluminoso, y sintió el súbito deseo de quitárselo de las manos y obligarla a prestarle toda su atención. Comprendió, atónito, que estaba excitado. Hacía años que a Alexius no lo asaltaba una reacción sexual tan indisciplinada. No entendía el efecto que estaba teniendo en él, porque no era en absoluto su tipo. Le gustaban las mujeres altas, bien formadas y de pelo oscuro, nunca se desviaba de la norma. En muchos sentidos era una criatura de hábitos, desconfiaba de lo nuevo o diferente. Había aprendido demasiado joven que, para mucha gente avariciosa, su inmensa riqueza lo convertía en una posible fuente de beneficios, un objetivo al que impresionar, halagar y, finalmente, utilizar.

Rosie estaba a punto de acabar su turno cuando volvió y encontró el despacho vacío. La lámpara de mesa seguía encendida y el portátil estaba abierto y sobre el escritorio, pero estaba cansada y sabía que no tendría otra oportunidad mejor. Estaba pasando un trapo por la mesa cuando el enorme cuerpo de él llenó el umbral. Alto, moreno y atractivo. Los asombrosos ojos claros brillaban como la plata.

–Apartaré esto –dijo Alexius, levantando el ordenador. Se acercó tanto que ella se sintió envuelta por su aroma limpio y viril, con un suave toque de alguna colonia exótica.

–No hace falta. Acabaré en cinco minutos –replicó, sonrojada. Sobre el escritorio había una foto de una guapa mujer rubia abrazando a dos chiquillos–. Bonitos niños –musitó.

–No son míos. Comparto este despacho –dijo él con voz brusca y un leve acento extranjero.

Rosie lo miró con sorpresa. No parecía un hombre dispuesto a compartir nada, aunque no sabía por qué le daba esa impresión. Quizás por su imponente presencia física y su aura de arrogancia y poder, que sugería que tenía que ser más que un mero oficinista.

–Me llamo Alex, por cierto –murmuró él–. Alex Kolovos.

–Encantada –respondió Rosie incómoda, preguntándose por qué el hombre le hablaba, no era habitual. Los oficinistas solo lo hacían si la limpiadora era lo bastante mayor para recordarles a su madre o a su abuela, o si querían ligar.

Zoe, a quien sus compañeras de trabajo apodaban «la bomba», había recibido muchos de esos acercamientos de hombres atraídos por su cara y sus impresionantes curvas, pero a Rosie nunca le había pasado en el trabajo. Se preguntó si era porque llevaba el pelo suelto. Irritada por sus estúpidos pensamientos, encendió la aspiradora. La divirtió ver su mueca de desagrado.

–Gracias –dijo, al terminar. Apagó la aspiradora y salió del despacho sin mirar atrás.

Alexius pensó que era una lección de humildad hablar con una mujer que no estaba deslumbrada por el aura magnética que le otorgaban sus miles de millones. Había percibido su prisa por alejarse de él. Se preguntaba si había sido por timidez o por inquietud, pero no tenía especial interés en averiguarlo. Consultó su reloj: tenía una cena de negocios. Cerró el portátil y se levantó, pensando que ella era muy sexy. No era en absoluto lo que había esperado.

Cuando Rosie llegó a casa esa noche, la recibieron los ladridos y saltos de Baskerville, que estaba en la cocina que compartían las inquilinas. Bas era un chihuahua de cuatro años, que había pertenecido a Beryl, la madre de acogida de Rosie. Bas se había convertido en la mascota de la casa y todas sus ocupantes lo mimaban y cuidaban. Se preparó una tostada con queso fundido y, con Bas bajo el brazo, fue al salón a ver la televisión y charlar con sus compañeras de piso mientras comía.

En algún momento de la noche, se despertó con dolor de estómago y se levantó a vomitar. Por la mañana se sintió mejor, pero muy cansada.

Cuando empezó su turno de limpieza esa tarde había luz en el despacho de Alex Kolovos, pero él no estaba allí. Controlando un patético pinchazo de desilusión, salió del despacho y fue a la sala de reuniones. En cuanto entró, oyó una voz grave que ya conocía. Sintió un infantil cosquilleo en el estómago al ver su poderosa figura junto a la ventana. Contempló su guapo rostro y un eléctrico escalofrío de placer recorrió su cuerpo. Mientras se preguntaba por qué sus rasgos podían tener ese efecto en ella, se le aceleró el pulso. Él hablaba por teléfono en un idioma extranjero y un par de palabras captaron su atención; si no se equivocaba, hablaba en griego. Retrocedía para salir de la sala cuando él alzó una mano imperiosa para detenerla.

Alexius la estudió: llevaba el precioso cabello recogido en la nuca y ese día tampoco estaba maquillada. Pero una mirada a ese vibrante rostro bastó para que deseara saborear la sensual boca rosa, tocar ese delicado cuerpo y descubrir todos sus secretos. Deseaba hundirse en ella y observar cómo sus ojos se ensanchaban por la pasión mientras la cabalgaba. Ninguna mujer lo había excitado tanto desde sus tiempos de adolescente. La noche anterior había soñado con ella y se había despertado excitado y sudando; y eso la hacía merecedora de su atención, fuera quien fuera. El mayor problema de Alexius con las mujeres era el aburrimiento.

–He terminado aquí –dijo, guardando el móvil y caminando hacia ella.

–Si está seguro... –tartamudeó Rosie, con la boca seca y los ojos como lagunas verdes.

–Claro que estoy seguro –dijo Alexius, seco. Cuando pasó a su lado, captó un suave perfume floral y vio cómo destellaban sus ojos. Supo que la atracción que sentía por ella era correspondida. Socrates le había presentado un reto y él iba a conocer a Rosie Gray en todos los sentidos posibles; iba a hacerlo en un tiempo record.

Aún temblorosa, Rosie limpió la sala de reuniones y recuperó el control de la respiración. Alex Kolovos la golpeaba como una ola. Exasperada, se dijo que era infantil reaccionar de esa manera ante un hombre, pero tal vez fuera porque había llegado su hora. Tenía veintitrés años y seguía siendo virgen. Durante su adolescencia, su vida social había quedado muy restringida cuando tuvo que dejar el colegio para cuidar a su madre adoptiva, aquejada por una enfermedad terminal.

No había tenido oportunidades de explorar su sexualidad, y para cuando recuperó la libertad era más sensata y cauta. Hasta ese momento, ningún hombre había hecho que se le acelerara el corazón. Su autodestructiva madre le había dicho innumerables veces lo peligrosas que eran las pasiones; Rosie se debatía entre el miedo de estar haciendo el tonto y la satisfacción de saber que podía sentir lo mismo que otras mujeres.

–He conocido a un hombre... –solía confiarle Jenny Gray, cuando Rosie era niña–. Alguien especial. Estaré fuera un tiempo.

A veces la madre de Rosie había desaparecido durante días, dejándola sola en el piso sin calefacción, dinero, comida en la nevera o ropa limpia. Pero era aún peor cuando llevaba a los hombres a casa. Entonces le decía a Rosie que no saliera de su dormitorio y se pasaba todo el día bebiendo en la cama o en el sofá, olvidando que había que llevar a Rosie al colegio, lavarla y alimentarla. Al final, los Servicios Sociales se la habían quitado y la habían entregado en acogida.

Cuando Rosie terminó de limpiar todos los despachos, Alex Kolovos aún seguía tras su escritorio. Tensa y cansada, Rosie entró.

–¿Le importa si limpio?

–En absoluto –dijo él alzando la vista y ofreciéndole una sonrisa carismática y sensual. Esa sonrisa prendió un fuego en el vientre de Rosie– . ¿Quieres beber algo? –preguntó él, con un vaso en la mano.

–No, gracias –rechazó Rosie, aunque habría deseado aceptar. Valoraba demasiado su empleo para flirtear en horas de trabajo. Además, un tipo como Alexius nunca le ofrecería más que una noche loca. No pertenecían a la misma clase social, ni cultural. Mientras ella se estaba esforzando para aprobar los exámenes y retomar los estudios que había tenido que abandonar, adivinaba que él era al menos licenciado.

Irritado por su inmediato rechazo de la bebida, Alexius se preguntó si habría sido más acertado invitarla a cenar. Era obvio que estaba incómoda. No había vuelto a mirarlo y había salido del despacho en cuanto pudo. Se preguntó si sabía que su desinterés lo motivaba aún más.

Una vocecita interior le murmuró a Rosie que todo lo que no fuera evitar a ese hombre implicaba buscar problemas. Alex Kolovos era como fiebre en su sangre, la desestabilizaba y hacía que se portara como una tonta. Cuanto antes apagara ese fuego, mejor.

Con ese convencimiento, al día siguiente Rosie le pidió a Zoe que cambiaran de lado de corredor.

–¿Por qué? –le había preguntado Zoe.

–Ese tipo que siempre trabaja hasta tarde parece que está... flirteando conmigo –había admitido Rosie–. Y eso me incomoda.

–Puede flirtear conmigo cuando quiera. Es un tío guapísimo. A veces desperdicias las oportunidades, Rosie. ¿No te gusta?

–Sí, pero sé que no llegaría a ninguna parte.

–Algunas de las mejores experiencias no llegan a ninguna parte, pero yo no me las perdería.

Esa noche, cuando recogieron al acabar el turno, Zoe miró a Rosie con el ceño fruncido.

–Me habías hecho esperar que ese tipo intentaría charlar conmigo, ¡y nada de eso! Ni siquiera me miró una vez, como si fuera invisible. Está claro que eres tú quien le interesa.

Esa noche, en la cama, Rosie intentó no alegrarse de que Alex Kolovos no hubiera intentado seducir a Zoe. Era muy atractiva y no habría dicho que no a una bebida, de hecho, podría haber dicho que sí a muchas cosas. Se preguntó qué buscaba el atractivo griego, ¿sexo sin complicaciones? No podía ser otra cosa.

–Esta tarde no cambiaremos el turno –le dijo Zoe antes de que empezaran a trabajar–. Si un tipo alto, moreno y muy guapo te molesta, enfréntate a él. No eres ninguna chiquilla, Rosie.

Acalorada tras la recriminación, Rosie trabajó más rápido de lo normal. Era viernes y no volvería al edificio hasta el lunes siguiente. Cuando pasó ante el despacho de Alexius y él la miró, volvió la cabeza, empeñada en evitarlo, aunque lo deseaba.

Alexius la siguió hasta la cocina de empleados, donde había visto a su compañera de trabajo tomando una taza de té la noche anterior. Eran las ocho y estaba harto de esperar en la oficina y de que ella lo evitara. Incluso se preguntaba si tenía un sexto sentido que le advertía que no se fiara de él. Habría tenido razón. Él había dejado un fajo de billetes en el suelo debajo del escritorio. Era una forma muy burda de probar su honradez, pero era lo mejor que se le había ocurrido.

–¿Cómo va el trabajo? –le preguntó Alexius al verla en un taburete con una taza en la mano.

La consternación de verlo allí de repente casi hizo que Rosie dejara caer la taza. Parecía alzarse sobre ella como una nube de tormenta, haciendo que se sintiera aún más consciente de su pequeño tamaño. Le tembló la mano y un poco de té cayo sobre su uniforme.

–Ten cuidado –Alexius le quitó la taza, la dejó a un lado y le ofreció el rollo de papel de cocina.

–¡Me has asustado! –Rosie arrancó un trozo de papel y se secó.

–Lo siento –murmuró él, buscando con ojos brillantes como el mercurio su mirada evasiva.

Rosie enrojeció. Estaba esforzándose por no mirar su guapo rostro, pero podía visualizarlo incluso cuando él no estaba presente.

–¿Trabajas hasta tarde todas las noches? –le preguntó, para llenar el silencio.

–La mayoría –admitió él.

–Supongo que te pagan horas extras –Rosie se encontró con su mirada y la maravilló el largo de sus pestañas negras. Sintió un pinchazo de calor en la pelvis–. O eso o tienes exceso de trabajo...

–Soy adicto al trabajo –dijo Alexius, estudiando su boca rosada y resistiéndose a acercar la suya, a averiguar si sabía tan bien como imaginaba. Su cuerpo y su mandíbula se tensaron, dominados por su autodisciplina.

–Ah... –Rosie agarró su taza y tomó un sorbo de té. Sus ojos verdes admiraron el rostro moreno, adorando los rasgos angulosos y viriles de sus pómulos y frente. De repente, volvió a la realidad y se bajó del taburete como si se hubiera quemado–. Será mejor que vuelva al trabajo –pasó junto a él. Segundos después, la pulidora de suelo volvía a sonar.

Alexius, desconcertado por su brusca partida, maldijo entre dientes. Era demasiado precavida para morder el anzuelo. Alguien le había hecho daño, sin duda. Apretó los labios. Eso no tenía por qué importarle. Si ella se quedaba con el dinero que había dejado bajo el escritorio, no volvería a verla nunca.

Agradeciendo que Alex Kolovos no hubiera vuelto al despacho, Rosie se puso a limpiarlo a ritmo rápido, deseando volver a casa y empezar su fin de semana. Tenía que estudiar, pero aparte de eso estaba libre.

Algo se enganchó en la aspiradora y soltó un gruñido. La apagó y se arrodilló para investigar. Se quedó atónita cuando vio un billete de cincuenta libras enganchado en el borde de lo que parecía ser otro. Tuvo que volver al carrito de la limpieza a por un destornillador y abrir la aspiradora para sacar lo que parecía una enorme cantidad de dinero arrugado. Para entonces estaba cubierta de polvo y muy enfadada. Se preguntó de dónde había salido el dinero. No podía dejarlo sobre el escritorio sin más. Se sacudió y, furiosa por que alguien pudiera ser tan descuidado con su dinero cuando, si desaparecía, culparían al equipo de limpieza, se levantó para ir en busca de Alexius. Fue a la sala de reuniones donde lo había visto antes y, por una vez, la alegró verlo apoyado en el escritorio, hablando por teléfono.

–¿Esto es tuyo? –exigió, tirando el fajo de billetes arrugados sobre el escritorio–. Estaba tirado en el suelo. Se enganchó en la aspiradora. ¡Podría haberla roto! –lo condenó.

Alexius estuvo a punto de reírse por su indignación. Un metro cincuenta y poco de ira chispeante, con ojos que brillaban como gemas.

–Es mío. Gracias –dijo.

–¡No seas tan descuidado! Si ese dinero hubiera desaparecido, ¡podrían haber acusado a las limpiadoras de robo!

—Tu honestidad te honra —afirmó Alexius, pensando que podía decirle a Socrates que siguiera adelante con su deseo de conocerla.

—¡Eso es muy condescendiente! —le devolvió Rosie furiosa. Parecía no darse cuenta de la situación que podría haberse creado si ella no hubiera encontrado y devuelto el dinero—. ¡Puede que sea pobre, pero eso no implica que tenga que ser deshonesta! ¡Estás lleno de prejuicios! Hay ladrones de todas las clases sociales.

—Has dicho lo que querías decir y respeto tu honradez, aunque no me guste tu actitud —Alexius, molesto porque una limpiadora se creyera con derecho a gritarle, la estudió con ojos fríos como el hielo—. Ahora... vete —ordenó—, tengo llamadas que hacer.

Rosie se quedó atónita por su transformación. La asombraba haber perdido el control hasta el punto de levantarle la voz y ser grosera. Se planteó pedirle disculpas pero, al recordar su mirada gélida y autoritaria, decidió que sería una pérdida de tiempo. Había cruzado un límite que tendría que haber respetado y lo había ofendido. Por suerte, había acabado su turno, estaba deseando salir de allí.

—¿Seguro que no te importa que me lleve la furgoneta a casa esta noche? —insistió Zoe mientras empujaban juntas el carrito de la limpieza hacia la salida.

—No, como te he dicho antes, iré en autobús —contestó Rosie con aire ausente.

—Gracias, Rosie —contestó la morena, mientras cargaban el material de limpieza en la furgoneta—. Hace mucho que mamá no ve a su hermana; así podré dejarla con ella mañana y recogerla el domingo por la tarde.

–A Vanessa no le importa, siempre que la furgoneta esté de vuelta a tiempo para el lunes –dijo Rosie, mientras su amiga ocupaba el asiento del conductor.

–¿Por qué estás tan callada? –preguntó Zoe de repente–. ¿Ha ocurrido algo entre tú y ese tipo?

–No, nada –mintió Rosie con ligereza.

Se dijo que en realidad no era nada. Había conocido a un tipo que la atraía lo indecible, pero no había ocurrido nada y así tenía que ser. Era mejor dejar pasar ciertos trenes, en vez de chocar contra ellos como había sido la especialidad de su madre. Sin embargo, no dejaba de recordar cómo la había mirado en la sala de reuniones, con desagrado y antipatía, como si ella fuera un escarabajo repugnante, muy por debajo de él. Eso le había dolido mucho. Ella le había gritado y él se había ofendido, no podía culparlo. Había encontrado su dinero y él le había agradecido su honestidad, ¿qué otra cosa podía haber hecho? Rosie intentó librarse de la sensación de que una nube negra había caído sobre ella.

Capítulo 2

ROSIE caminaba hacia la parada de autobús cuando alguien corpulento salió de entre las sombras del edificio de oficinas.

–¿Rosie? Llevo horas esperándote –se quejó el hombre.

El poco buen humor que le quedaba a Rosie cayó como el plomo. Era Jason, el novio de su antigua compañera de piso, Mel. Rubio y de ojos azules, tenía el físico de un culturista y su tamaño hacía que pareciera amenazador. A ella la molestó que se atreviera a esperarla cuando le había dejado muy clara su falta de interés. Alzó la barbilla y una luz fiera iluminó sus ojos.

–¿Qué haces aquí? ¿Por qué ibas a esperarme? –preguntó, acusadora.

–Porque quería verte, hablar contigo, nada más –contestó Jason, con expresión autoritaria.

–Pero yo no quiero hablar contigo –Rosie intentó sortearlo y seguir su camino.

–Me merezco la oportunidad de hablar contigo – Jason cerró una mano enorme sobre su antebrazo para retenerla.

–¿Por qué crees que te mereces nada? –exigió Rosie, airada por su persistencia. Estaba cansada y harta, y tenía que levantarse pronto al día siguiente. Lo último que necesitaba en ese estado de ánimo era una confrontación con un hombre que ya había causado muchos problemas en su vida privada–. Gracias a tu egoísmo, perdí mi amistad con Mel, ¡y mi casa!

–Mel y yo hemos roto. Soy un hombre libre –dijo Jason con suficiencia–. Por eso estoy aquí.

–No estoy interesada. ¡Suéltame, Jason! –exclamó Rosie impaciente, intentando liberarse.

–Tranquilízate, Rosie. Como ya te he dicho, solo quiero hablar contigo...

–¡Suéltame! –gritó Rosie, furiosa porque la sujetara contra su voluntad–. ¡Ahora mismo!

–Suéltala –dijo una voz serena pero autoritaria.

Jason se dio la vuelta, arrastrando a Rosie con él, apretando la mano hasta hacerle daño.

–¿Qué diablos tiene esto que ver contigo? –exigió, agresivo.

Rosie miró con desconcierto a Alex Kosovos. Debía de haber visto la escena cuando salía del edificio. Jason estaba lívido de ira.

–Suelta a Rosie –ordenó Alexius, con el rostro duro como el granito.

No te metas en esto –urgió Rosie, intentando liberarse de nuevo de la garra de Jason.

Aunque acudir al rescate de una damisela en apuros no cuadraba con su estilo, Alexius no lo dudó. Era obvio que ella tenía problemas y se sentía obligado a intervenir.

–Eso es, no te metas o te arrepentirás –gritó Jason con ira. Rosie palideció y sintió un escalofrío–. Esta es una conversación privada...

–No cuando estás sujetando a una mujer contra su voluntad –interrumpió Alexius con desprecio.

Rígido de tensión, Jason maldijo y le lanzó un golpe a Alexius. Rosie dejó escapar un gemido pero, más rápido de lo que habría creído posible, Alexius esquivó el golpe y le dio un puñetazo a Jason en el plexo solar. Jason, atónito y sin aire, apartó a Rosie de un empujón para volver a atacar. Rosie salió disparada, perdió el equilibrio y se estrelló contra el suelo con un gemido de dolor. Casi simultáneamente, oyó un grito, el aullido de furia de Jason y, segundos después, el ruido de pasos que se alejaban corriendo.

–No intentes moverte –le pidió Alex Kosovos, inclinándose hacia ella e incorporándola un poco. Había visto la sangre que teñía los pantalones de algodón de su uniforme–. Podrías tener algo roto.

–No creo... solo me duele –musitó Rosie, estaba magullada y sentía el escozor de los raspones en sus piernas y brazos, que se había hecho al rodar por el pavimento. Hizo una mueca, sintiéndose como una niña pequeña que se hubiera caído jugando; suponía que las rodillas y los codos despellejados iban a ser el mayor de sus males.

Él hablaba en griego por teléfono móvil. Cuando vio que ella lo miraba con expresión de incomodidad, pasó de nuevo al inglés.

–Voy a llevarte al médico.

–No es necesario... –Rosie intentó sentarse. Pero el súbito movimiento hizo que se le fuera la cabeza y tuvo que apoyarse de nuevo en su fuerte brazo para superar el mareo. Pensó que se moriría de vergüenza si vomitaba delante de él.

–¿Qué ha ocurrido? –preguntó.

–Al encontrarse con más resistencia de la que esperaba, tu asaltante salió corriendo. Tendrás que denunciarlo a la policía.

–No quiero que la policía actúe contra Jason –dijo Rosie. Era cierto que no quería la complicación de involucrar a la ley pero, al mismo tiempo, la preocupaba que Jason intentara arrinconarla otra vez estando sola. Se preguntaba qué quería Jason de ella.

Un coche llegó a su lado y el conductor bajó a abrir la puerta de atrás. Alexius se agachó y alzó a Rosie en brazos. Lo asombró lo poco que pesaba; se dijo que debajo del uniforme solo podía haber piel y huesos. La depósito cuidadosamente en el asiento trasero, tumbada, y se sentó a su lado. La puerta se cerró y el coche se puso en marcha.

Aún luchando contra las náuseas, Rosie miró a Alex Kolovos y descubrió que la miraba atentamente. Ojos brillantes como estrellas en su rostro moreno la estudiaban sin el menor atisbo de la frialdad que había visto en la sala de reuniones. Sintió un aleteo de mariposas en la boca del estómago; cuando la miraba así le parecía irresistible. La aterrorizaba pensar que estaba actuando como una adolescente encaprichada. Desvió la mirada hacia el interior del automóvil.

–¿De quién es este coche? ¿Quién conduce? –preguntó, desconcertada.

–Es mi coche. Uno de los guardas de seguridad lo trajo y se ofreció a conducir para que yo pudiera atenderte entretanto.

–Si estabas tan seguro de que necesitaba un médico, ¿por qué no has llamado a una ambulancia? –preguntó ella, curiosa.

–Sabía que esto sería más rápido y eficaz –Alexius no se inmutó–. Y necesitas ver a un médico. Has sido asaltada.

Rosie volvió a bajar las pestañas, demasiado débil y mareada para protestar. Aunque ya no la miraba con desprecio, era dominante y nunca le habían gustado ese tipo de hombres. Hombres del tipo de Jason. Su antigua compañera de piso, Mel, había adorado lo que veía como virilidad en Jason hasta que había sufrido las consecuencias de sus impredecibles cambios de humor y su ira, por no hablar de su tendencia a seducir a otras mujeres cuando le venía en gana. Con cierto remordimiento, Rosie se dijo que no era justo comparar a Alex Kosovos con Jason. Era casi un desconocido y se había dejado la piel para liberarla de Jason, y eso le asombraba.

–¿Te ha hecho daño Jason? –susurró, preguntándose qué había ocurrido cuando ella salió despedida y patinó por el suelo.

–Consiguió darme un golpe antes de que lo derribara –Alex se frotó la mandíbula, pensativo–. Estuve en el equipo de boxeo en el instituto. Tendré un cardenal, nada más.

–Lo siento mucho –farfulló Rosie–. No sabía que iba a estar esperándome. No contaba con volver a verlo nunca.

–¿Es tu exnovio?

–¡Santo cielo, no! Nunca tendría una relación con alguien como él. Salía con una amiga mía.

Alexius observó cómo fruncía los suculentos labios rosados, terminante. Se preguntó cuál sería la historia real, y si había dado ánimos a ese Neandertal, que parecía física y mentalmente borracho de esteroides. Estudió a Rosie. Su cabello rubio caía por el borde del asiento como una cascada de seda, y los ojos verdes en el rostro triangular parecían oscuros de ansiedad. Seguía temblando por el shock. Le parecía tan diminuta y vulnerable que sintió la tentación de rodearla con sus brazos y reconfortarla. Pero era un deseo tan extraño en él que lo asustó. No recordaba haber querido consolar nunca a una mujer. El sexo era una cosa, siempre aceptable, pero lo otro solo conllevaba complicaciones indeseadas. Era correcto haberla defendido y se aseguraría de que recibiera atención médica, pero no tenía por qué tener un trato más personal con ella. Ya había decidido recomendarla ante su abuelo. Aunque lo había irritado cómo se había dirigido a él antes, era honesta, directa y buena trabajadora. La siguiente vez que la viera sería en Grecia, con Socrates. Cuando, en la sala de reuniones, le había dicho que se fuera, lo había puesto de mal humor saber que la farsa había acabado, cuando tendría que haberse alegrado por ello.

El coche se detuvo ante una casa bien iluminada, en una plaza de estilo georgiano. Rosie frunció el ceño cuando Alexius bajó del coche y la alzó en brazos sin darle tiempo a protestar.

–¡Puedo andar! –exclamó Rosie–. ¿Dónde estamos? Pensé que me llevabas a Urgencias.

–Habríamos tenido que esperar horas para que nos atendieran. Dmitri Vakros es médico y amigo mío. Acaba de terminar sus consultas –explicó él.

Una enfermera llevó a Rosie a una salita y la ayudó a quitarse el uniforme sucio y a ponerse una bata. De allí la condujo a una sala de consulta, donde un hombre griego, bajo y fuerte, le pidió que se sentara en la camilla. La examinó e hizo una mueca de disgusto al ver los cardenales que le habían dejado los dedos de

Jason en el brazo. Entretanto, la enfermera se ocupó de los raspones de sus rodillas. Fue todo muy rápido y Rosie se alegró de no haber tenido que esperar horas en el hospital, donde habría mucha gente en peor estado que ella; lo cierto era que no habría ido. Rosie estaba acostumbrada a apañarse sola cuando la vida le jugaba una mala pasada. Los trabajadores sociales que se habían ocupado de ella en su infancia rechazaban los melindres y los intentos de llamar la atención. Mientras se ponía el uniforme, pensó que era asombroso que Alex Kolovos se hubiera comportado como si estuviera gravemente herida, cuando era un asunto de tan poca importancia.

–¿Ves?, estoy bien –le dijo a Alexius, que se levantó cuando ella volvió a la elegante sala de espera. Rosie notó que el traje, oscuro con raya fina, elegante y clásico, le quedaba como un guante. Resaltaba sus anchos hombros, las caderas estrechas y las piernas largas y poderosas. Se sonrojó al darse cuenta de lo distinto que era su estilo de vida.

El médico salió de la consulta y charló con Alex en griego. Rosie reconoció varias palabras gracias a las clases a las que había asistido en otra época para intentar aprender la lengua. A lo largo de la conversación, captó la curiosidad del médico con respecto a ella. Era obvio que se preguntaba qué hacía Alex con una mujer vestida así, obviamente una empleada de bajo rango.

–Supongo que el doctor Vakros trabaja en el sector privado –comentó Rosie mientras salían.

–Sí.

–¿No te enviará una factura por haberme atendido, verdad? –preguntó con preocupación.

–No, nuestra amistad viene de lejos.

—Eso es un alivio. Bueno, tengo que irme —dijo Rosie, incómoda—. Gracias por tu ayuda.

—No, yo te llevaré a casa —anunció Alex. Le dijo algo en griego al hombre que esperaba junto al coche y este le lanzó las llaves.

—No hace falta en absoluto. Ya te he robado demasiado tiempo esta tarde.

—Quiero llevarte a casa —afirmó Alexius, con aire aristocrático, bajando la mirada hacia ella.

Las mejillas de Rosie se tiñeron de rubor. No sabía qué decir, ni cómo reaccionar. No entendía por qué se empeñaba en ayudarla. Se preguntó si lo atraía o si era tan solo un buen samaritano. Se recriminó en silencio por su pensamiento. ¿Por qué iba a sentir atracción por ella? Era baja, delgada y plana por delante: los hombres no se daban la vuelta para mirarla. Avergonzada de sí misma, ocupó el asiento del pasajero y se abrochó el cinturón de seguridad. Él arrancó, pero parecía tener dificultades con las marchas y juró entre dientes cuando el coche se caló en el semáforo.

—Es un coche nuevo. No lo he conducido apenas —se justificó él, maldiciendo su falta de práctica. Había tenido chófer desde la infancia, y solo había tenido la libertad de conducir su propio coche en la universidad.

Rosie intentó no sonreír por la excusa. Casi toda la gente que conocía utilizaba el transporte público. Se preguntó si era un coche de empresa; si era el caso, aunque compartiera despacho, tal vez tuviera un puesto en Industrias STA más importante de lo que ella había creído. Miró por la ventanilla y vio que iban en dirección equivocada.

–Perdona, tendría que haberte dado mi dirección antes de salir –dijo. Se la dio.

Resultó obvio de inmediato que él no tenía ni idea de cómo ir, aunque intentó ocultarlo. Rosie le dio instrucciones y se esforzó por no gemir cada vez que cambiaba de marcha con un chirrido, como si fuera un conductor principiante.

–¿Te apetecería comer algo conmigo? –preguntó él cuando, tras varios giros equivocados, estuvieron cerca del edificio donde vivía ella.

Sorprendida por la invitación, Rosie lo miró. En ese mismo instante, su estómago emitió un revelador gruñido que intentó ocultar con una tos.

–¿Comer?

–Por lo que he oído, tienes tanta hambre como yo –comentó Alexius, divertido.

Rosie enrojeció de nuevo, la tos no había funcionado. Nunca se había sentido tan cohibida en compañía de un hombre, y eso la exasperaba. Pero estaba con él por las circunstancias y era una invitación espontánea, no una cita. ¿Por qué no?

–Hay un sitio muy cerca de donde vivo –ofreció–. No es elegante pero la comida es buena.

–Eso servirá –Alexius aparcó el coche. Comprobó por el espejo retrovisor que su equipo de seguridad lo había seguido. Seguramente se habían reído con ganas cada vez que se le había calado el coche. Sin embargo, había recuperado el respeto de Rosie y quería mantenerlo, aunque su padrino ya no fuera excusa para pasar tiempo con ella. Haría lo que quisiera, Alexius siempre hacía lo que quería. Cuando vio el restaurante, un local destartalado y brillantemente iluminado, en una fea calle, se quedó apabullado. Nunca había comido en un sitio así. El abismo de diferencia que había entre sus vidas por fin penetró su conciencia. Simular ser quien no era conllevaba retos que no había previsto.

Para Rosie fue un alivio saber que no tendría que guisar cuando llegara a casa. Controló un bostezo mientras entraban en el restaurante autoservicio, popular entre los obreros que trabajaban por turnos por su horario. Agarró una bandeja y se volvió hacia Alexius, que miraba a su alrededor con los ojos muy abiertos.

–¿Tenemos que servirnos nosotros? –inquirió Alex, enarcando una ceja negra.

Sin más explicación, Rosie le dio una bandeja y se unió a la cola. Al otro lado del local, tres mujeres observaban Alex. Él, estudiando el menú de la pared, parecía inconsciente de su interés. Sin embargo, Rosie pensó para sí que era demasiado guapo para su propio bien. No era la primera vez que pensaba eso de alguien, también lo hizo cuando vio por primera vez una foto de su padre, Troy Seferis, rubio y de ojos azules. Siempre había desconfiado de los hombres atractivos y, por primera vez, se dio cuenta de que era un prejuicio poco razonable. Alex la había defendido de Jason y no tenía razones para considerarlo vano, superficial o aprovechado, sino todo lo contrario. Posó en él sus ojos verdes. Pelo negro, alto, musculoso y rostro moreno de rasgos marcados; llamaba la atención. Y estaba con ella. Enderezó los hombros y esbozó una sonrisa.

En la caja, Rosie insistió en pagar su comida, lo que pareció anonadar a su acompañante.

–Ninguna mujer paga estando conmigo –dijo, arrogante, pasando el dinero a la cajera por encima de su cabeza para poner fin a la discusión.

Rosie apretó los dientes por su autoritarismo. Mientras agarraba los cubiertos y una servilleta, él siguió allí parado con su bandeja, como si no supiera qué hacer. Así que fue ella quien le dio cubiertos y servilleta y le preguntó si quería agua. Pensó que, para ser un hombre adulto, a veces parecía extrañamente indeciso e impotente.

—¿Por qué no querías que pagara tu comida? —exigió él cuando ocuparon una mesa.

—Siempre pago lo mío si estoy con un hombre —admitió Rosie—. Así no hay malentendidos.

Él bajó las pestañas para ocultar su desconcierto. A Socrates le iba a gustar, sí, le iba a gustar muchísimo. Pero el concepto de que una mujer pagara lo suyo era desconocido para Alexius, y no le gustaba nada.

—Háblame de ese matón, Jason. ¿Quién es?

—Hasta hace unos diez días, yo compartía piso con una amiga, Mel. Jason era su novio. Una noche me agarró en la cocina e intentó besarme; Mel entró en ese momento —recitó Rosie, poniendo los ojos en blanco por el desagradable recuerdo—. Ella me echó la culpa, dijo que lo había incitado y me exigió que me fuera del piso. Pensé que se habría calmado a la mañana siguiente, pero entró en mi habitación llamándome «robahombres» y empezó a hacer mi equipaje. Me echó...

—¿Y Jason? —Alexius observaba fascinado cómo ella atacaba el estofado irlandés, parecía una mujer que no hubiera comido hacia una semana. Era delgada, pero no le faltaba apetito.

—Lo perdonó al instante, creo, pero esta noche Jason me dijo que han roto —dijo Rosie ácida—. En cualquier caso, no quiero saber nada de él.

–Teniendo en cuenta sus obvios problemas de control de su genio, haces bien –comentó Alexius.

–¿Eres griego? –preguntó ella de repente–. Reconocí algunas de las palabras que usaste al hablar con el conductor que nos llevó al médico.

–¿Hablas griego? –inquirió él, tensándose.

–No, solo unas palabras, de turista –ladeó la cabeza y ondas de pelo rubio acariciaron sus pómulos–. Me apunté a clases una vez, pero solo fui a dos. Es más difícil de lo que esperaba.

–¿Por qué griego? –Alexius comprendió, con sorpresa, que no le importaba nada estar en un local tan cutre si eso le permitía observar su rostro animado, sus ojos chispeantes y el resplandor de sus escasas sonrisas.

Rosie lo estudió. Su mentón empezaba a oscurecerse con un asomo de barba, endureciendo la línea de su mandíbula y definiendo su bella boca esculpida. Le daba un aspecto de lo más sexy –el corazón le dio un vuelco cuando clavó en ella sus asombrosos ojos plateados.

–¿Por qué griego? Mi padre era griego –dijo. La perturbaba la idea de que él la atraía como un imán al hierro. Era algo nuevo para ella y la asustaba–. No lo conocí. Rompió con mi madre antes de que yo naciera y murió poco después.

–¿Y tu madre?

–Murió cuando yo tenía dieciséis años, era diabética y no se cuidaba en absoluto, tuvo un infarto. No tengo más parientes. ¿Qué me dices de ti? –a Rosie le extrañaba resultarle tan interesante como para que le hiciera preguntas personales, pero también la complacía.

–Mis padres murieron en un accidente de coche hace

unos diez años –respondió Alexius–. Soy hijo único. Aparte de un par de primos lejanos, estoy solo en el mundo y lo prefiero así.

–¿Por qué? –ella arrugó la frente con sorpresa.

–La familia puede causar mucho dolor –dijo él con seguridad. Después apretó los labios.

Rosie sabía que eso había sido muy cierto en el caso de su problemática relación con su madre. Aun así, la experiencia no había condicionado su opinión respecto a las relaciones familiares. A juzgar por la expresión de Alex, en su caso sí.

–Pero formar parte de una familia también puede traer alegría y seguridad. Puede ser una fuente de fuerza y consuelo. Lo vi en una de las familias de acogida con las que viví. Siempre deseé tener una familia –admitió ella sin titubeos.

–¿Por eso intentaste aprender griego?

–No, que yo sepa no tengo parientes en Grecia. Pero tuve la tonta idea de que mi sangre griega haría que me resultara más fácil aprender el idioma –Rosie hizo una mueca y se rio–. No tardé en darme cuenta de mi error.

Alexius la observaba atentamente. Intentaba decidir qué era lo que lo atraía tanto de su exquisita cara triangular. ¿Serían los ojos expresivos y la tristeza que asomaba en ellos? ¿La delicadeza de su estructura ósea? Cuando se rio, todo su rostro se iluminó, dejándolo fascinado. Era natural y parecía relajada en su compañía; no estaba acostumbrado a eso. Había estado en desacuerdo con él en el tema de la familia y no le había dado miedo expresar su opinión y defender su postura. Las mujeres, y también los hombres, solían dar la razón a Alexius, al tiempo que alababan su percepción e inteligencia. Rosie empezó a saborear el postre que había elegido, tomando cucharadas diminutas y lamiéndose los labios de vez en cuando, para no dejar escapar ni una gota. Contempló esa boca suave y carnosa y una descarga de lujuria asoló su cuerpo como un vendaval. Por primera vez, se preguntó si ella no estaría jugando con él, si su amistosa inocencia no era más que una treta para seducirlo.

En el súbito silencio que siguió, Rosie captó el escrutinio de Alex. Era consciente de cada respiración, que pezones se habían tensado y sentía una extraña calidez en una parte de su cuerpo en la que no solía pensar. Estaba como electrizada. Sabía que el deseo empezaba a dominarla y le costaba creerlo. La última vez que un hombre la había acalorado así había tenido dieciséis seis años, y el objeto de su deseo colgaba en un póster de su dormitorio, el cantante de un grupo musical olvidado hacía tiempo. Alex Kosovos era mucho más peligroso que aquel primer amor.

–Ha llegado el momento de darte las gracias e irme a casa –afirmó. Quería huir, no le gustaban los sentimientos ni las reacciones que no podía controlar. Hacían que se sintiera insegura y tonta. Su terror secreto siempre había sido haber heredado la naturaleza impulsiva y apasionada de su madre. Jenny Gray siempre había sido una mujer fácil para los hombres equivocados, la impresionaban, se acostaban con ella y la dejaban. La madre de Rosie había vivido en un caos de relaciones traumáticas, siempre esperando algo mejor sin encontrarlo, y dejando que la esperanza resurgiera con cada hombre nuevo que aparecía.

Alex se levantó, agarró su abrigo y lo sujetó para que metiera los brazos en las mangas.

–No estoy acostumbrada a esa clase de atenciones

—confesó ella, ruborosa, cuando salieron del restaurante—. Ya puedes irte. Vivo a solo tres puertas de aquí.

Alexius ignoró la invitación a que se marchara. Ella estaba abriendo la puerta delantera cuando, sin apenas darse cuenta, le puso una mano en el brazo para detenerla. Rosie se dio la vuelta y, cuando se encontró con sus ojos gris plata, el ritmo de su corazón se desbocó.

Él introdujo la mano entre su cabello y bajó la oscura cabeza hasta capturar su deliciosa boca. Su sabor se le subió a la cabeza como el mejor brandy, así que la besó con urgencia, alzando su delicado cuerpo hacia él. En ese momento la deseaba con una ferocidad sexual que no había experimentado en toda su vida.

Rosie se había quedado paralizada con el primer contacto pero no tardó en derretirse, atrapada por la llama de deseo que se alzaba en su interior y amenazaba con consumirla. Rodeó su cuello con sus brazos y gimió cuando la lengua de él acarició el interior de su boca. Se apretó contra su enorme cuerpo, desesperada por saciar el ardor tormentoso que él estaba desatando en su pelvis.

Cuando se apartó un ido para poder respirar, temblaba de pies a cabeza y no quería dejarlo ir

—Sube a tomar un café —se oyó decir. «Café», pensó para sí. Todo el mundo sabía que eso era un eufemismo para el sexo. ¿Por qué lo había dicho?

Él era más de lo que ella podía manejar. Su cerebro le decía que no necesitaba pasión. No quería la horrorosa sensación de pérdida que la había invadido cuando habían dejado de tocarse. Para estar a salvo con los hombres había que mantener las distancias, no buscar más de lo que se podía recibir, no sentir demasiado para no salir herida. Él rompía todas sus reglas y eso era demasiado arriesgado.

Alexius alzó la cabeza, con los astutos ojos velados y el rostro tenso de autodisciplina. Se preguntó qué diablos estaba haciendo, a qué estaba jugando. Rígido por la excitación reprimida, la dejó en el suelo, consciente de que habría preferido apoyarla contra la puerta y tomarla allí mismo. La deseaba, hacía mucho que no deseaba así a una mujer. Se dijo, abrupto, que no había nada malo en eso. Era libido, nada más.

Curioso por ver cómo vivía, la siguió. La entrada necesitaba una mano de pintura y la alfombra de la escalera estaba hecha una ruina. Era un lugar lúgubre y, por primera vez, criticó mentalmente a su padrino, que había aportado fondos para el bienestar de su nieta sin asegurarse de que llegara a sus manos, en vez de quedarse en las de su madre.

Se abrió la puerta de la sala de estar y un perro diminuto salió corriendo y saltó alrededor de las rodillas de Rosie, ladrando jubiloso. Las enormes orejas de murciélago se curvaron sobre sus ojos oscuros y el perro gruñó al ver a Alex. Era un chihuahua pero, a juicio de Alexius, parecía una rata de dibujos animados, de las malas.

–Este es Baskerville... Bas, para abreviar.

–Ah, lo tienes. Estaba preocupado por ti –dijo Martha, una mujer mayor, desde la puerta–. Sabe cuando llegas a casa y lo inquietaba tu retraso. Lleva más de una hora patrullando esa puerta y escuchando cada ruido. Oh, tienes compañía...

–Tendría que haber telefoneado para decirte que llegaría tarde –se disculpó Rosie–. Gracias por cuidar de Bas.

–Me lo quedaré –declaró Martha sonriente, quitándole al perro de los brazos–. Es una gran compañía –haciendo gala de gran tacto, volvió a entrar en la sala de estar.

–¿Quieres un café? –preguntó Rosie, sin atreverse a mirarlo. Se sentía tensa e insegura, pero estaba harta de vivir en el miedo, temiendo repetir los errores de su madre.

–No, te quiero a ti –admitió Alexius con aspereza. Se inclinó hacia ella, la levantó hacia su cuerpo y volvió a capturar su boca con placer.

Rosie dejó que la besara porque la superó el anhelo de ese beso y del siguiente, aún más embriagador. Empezaba a darse cuenta de que el deseo era una pendiente resbaladiza. Si se abría la puerta un poco, era fácil abrirla de par en par. Cuando la lengua de él se enredó con la suya se estremeció de placer, sentía frío y calor, shock y anhelo, y en ese estado cada contacto era increíblemente seductor.

–¿Dónde está tu habitación? –preguntó Alexius con voz ronca, alzándola en brazos.

–Yo no hago este tipo de cosas, Alex –Rosie lo miró con inquietud–. No traigo a hombres a casa.

–Yo no soy un hombre cualquiera, *moli mou* –contestó Alexius, subiendo la escalera.

–La primera puerta a la derecha –le indicó ella con el corazón latiendo como un tambor–. ¡No, la primera a la izquierda!

Él reclamó su boca de nuevo, con mayor urgencia que antes. Abrió la puerta con el hombro y la depositó sobre la estrecha cama individual sin dejar de mordisquear su labio inferior. Su diestra boca recorrió su delicado cuello, besando y tentando puntos que ella ni siquiera había sabido que podían ser eróticos, provocándole relámpagos de delicioso deseo. Así que Rosie cerró la puerta a las dudas que intentaban aflorar desde lo más profundo de su mente.

Capítulo 3

ALEXIUS pulsó el botón de la lámpara de noche y la pequeña habitación, austera e impersonal, se iluminó. Recordándose que ella llevaba pocos días viviendo allí, miró a Rosie con hambre.

Su glorioso pelo estaba desparramado sobre la almohada. Los bellos ojos parecían nublados y aturdidos. Tenía la boca hinchada y roja tras sus besos. Lo atraía como el canto de una sirena. Le quitó los zapatos y los calcetines de trabajo. Quería desnudarla, quería verla. Dolorosamente insegura de sí misma, Rosie se apoyó en los codos para bajarse la cremallera del pantalón. Él le apartó la mano y se hizo cargo. Ella, angustiada por su ignorancia sobre cómo comportarse en una situación íntima, se preguntó si eso era lo que hacían los hombres y las mujeres. No sabía si era correcto quedarse allí tumbada y dejar que él la desnudara. Si la alternativa era levantarse y desnudarlo a él, no se imaginaba haciéndolo.

—No muerdo a no ser que me lo pidas —bromeó Alexius, disfrutando de lo fácil que era leer sus pensamientos a partir de sus expresiones cambiantes. No sabía cuál podía ser la causa de su obvia tensión ante la idea de practicar el sexo.

—No tengo mucha experiencia —advirtió ella, defensiva—. Así que no esperes demasiado.

—Sé que será fantástico —rechazó Alexius con una seguridad que la sorprendió—. Eres una mujer apasionada.

—¿Eso lo has descubierto a partir de un beso? —bromeó ella, mirando los pómulos altos que otorgaban a su rostro una simetría sensual que el misterio de sus ojos gris plata incrementaba.

—Han sido muchos —le recordó él—. No, veo tu pasión en la forma en que me miras.

De inmediato, Rosie cerró los ojos y él se rio con aprecio, aligerando el momento y paliando en cierto grado su timidez e inseguridad.

—¿Y cómo me miras tú a mí? —le devolvió ella.

—Probablemente, de la misma forma. La primera vez que te vi no podía dejar de mirarte.

Ella recordó que era verdad, la había mirado fijamente. También ella a él, pero el comentario la animó, devolviéndole algo de confianza. Entretanto, él le quitó los pantalones, frunciendo el ceño al ver los apósitos que afeaban la suave curva de sus delgadas y bonitas piernas. Empezando a quitarse la corbata, Alexius decidió que, aunque fuera diminuta, cada línea de su cuerpo era de una delicada perfección. Rosie se puso de rodillas y, cansada de ser pasiva, le quitó la corbata. Deslizó las manos bajo su chaqueta y las subió hacia sus hombros, percibiendo el calor de su piel a través de la camisa. Hizo una pausa y alzó la vista para mirarlo a los ojos. Adoró la intensidad que vio en ellos; no había nada frío en Alex en ese momento, y no podía esconderlo.

Él capturó su rostro entre las manos y reclamó su boca con fervor, dejándose llevar por su innato deseo de dominar.

A Rosie le daba vueltas la cabeza y se inclinó hacia él, apoyando el peso en sus hombros. No fue consciente de cómo le desabrochaba la bata, pero se quedó helada cuando él introdujo una mano y la abrió. Su corazón latía como un tambor.

Nunca llevaba sujetador, no le hacía falta, y en ese momento él descubriría que no tenía mucho que ofrecer ahí arriba, donde otras mujeres abundaban en femineidad. Pero él no titubeó ni pareció sorprenderse. Posó la mano sobre uno de los pequeños bultos y pasó el pulgar sobre el pezón hinchado. Ella sintió la caricia recorrer su cuerpo hasta los dedos de los pies. Con la mano libre, él la tumbó sobre la cama y se enderezó para quitarse la chaqueta, que dejó caer al suelo.

–¿Qué te preocupa? –preguntó Alexius, mirándola interrogante mientras agarraba el borde de la bata–. Estás muy tensa...

–¿Podría dejármela puesta? –se oyó decir Rosie, con tono de súplica.

–No –Alexius la levantó de la cama y le sacó la bata por la cabeza de un tirón.

Rosie se sentía desnuda, expuesta, y eso no le gustaba. Tuvo que contener el instinto de taparse el pecho plano con las manos.

–Me gusta tu cuerpo –murmuró Alexius.

–A mí no...

Alexius, ignoró la respuesta porque sabía que pocas mujeres apreciaban su propio cuerpo. Se quitó la camisa, revelando un físico excepcional, de abdominales firmes y vientre plano, salpicado de vello negro. A Rosie se le cerró la garganta. Medio desnudo era aún más impresionante que vestido. No entendía que quisiera estar con ella, pero vetó el pensamiento, consciente de que su propia mente podía ser su peor enemigo.

Él se quitó los pantalones y ella miró, claro que miró, el bulto que tensaba sus calzones. Era tan enorme que tragó saliva. Desde los largos muslos salpicados de vello a los anchos hombros, pasando por las caderas estrechas, era puro macho, delgado y musculoso. Cuando se quitó la última prenda, desvió la mirada, tímida e insegura. Pero él volvió a su lado y sintió su erección rozarle el muslo. «Ya soy mayor, llegó la hora de saber por qué se habla tanto de esto».

–Estás helada –gruñó él cuando su cuerpo ardiente entró en contacto con sus piernas frías.

La besó y ella agarró sus hombros, necesitando sujetarse mientras sus lenguas se enzarzaban y el deseo febril volvía a despertarse. Nunca había sentido algo igual: una demencial y embriagadora oleada de necesidad que la dejaba aturdida y temblorosa. Introdujo las manos entre su sedoso pelo negro. Lo llevaba corto, pero tenía mucho.

Alexius se esforzaba por contener su pasión e ir despacio. Era diminuta y frágil, y no quería hacerle daño. Allí tumbada, con los ojos muy abiertos, pero confiados, parecía vulnerable e ingenua y lo inquietó fijarse en eso. Pero entonces ella se movió y, al sentir el roce de su piel suave y captar su aroma a flor de melocotón, el deseo retornó con toda su fuerza. Controló el pinchazo de remordimiento. Ella estaba feliz, él estaba feliz, no había por qué complicar las cosas. Se trataba de sexo, solo sexo, y él nunca lo consideraba más que un encuentro entre cuerpos.

Inclinó la arrogante cabeza y se movió para atrapar un pezón erecto, del color de un melocotón maduro.

Rosie apretó las dientes al sentir una corriente que, como una goma elástica, unía su pecho y su pelvis. Él hizo rodar los pezones entre sus dedos y después los succionó, consiguiendo que Rosie alzara las caderas con un gemido de placer.

—Eso te gusta —musitó Alexius.

—Mucho —admitió ella, temblorosa.

Pero no tardó en descubrir que había muchas otras cosas que le gustaban. Como su manera de deslizar los dedos por el interior de sus muslos, haciéndole desear que la tocara. Un dedo se hundió en su interior y se removió, jadeante de anhelo. La tensión subió otro punto cuando acarició su clítoris, trazando círculos, apretando y tentando, llevando el placer al punto del tormento.

—Por favor... —gimió, sin saber siquiera qué era lo que pedía, solo sabía que lo necesitaba más de lo que nunca había necesitado nada.

—¿Estás protegida? —preguntó Alexius, deseando no haber tirado la chaqueta al suelo.

Durante una época Rosie había sufrido dolores cuando tenía el periodo y su ginecólogo le había recomendado que tomara la píldora, así que asintió en silencio.

Él colocó las manos bajo sus nalgas para alzarla hacia él y presionó con su erección, buscando acceso. Despacio y con cuidado.

—Eres tan pequeña, tan estrecha —dijo—. Casi podría pensar que no has hecho esto nunca...

Ella entreabrió los labios para confirmar su opinión, pero fue incapaz de emitir sonido alguno. Estaba concentrada en lo que estaba ocurriendo. Él empujaba, ensanchándola, y la sensación de su cuerpo adaptándose a él era extraordinaria. Entonces, con un gruñido de frustración, él movió las caderas y penetró más profundamente. El agudo dolor que sintió cuando atravesó la barrera de su virginidad le hizo gritar.

–¿Qué diablos...? –exigió Alexius con voz ronca, aunque se temía que sabía perfectamente cuál era el problema.

–Supongo que tendría que haberte advertido –murmuró Rosie, avergonzada por su grito.

–¿Eres virgen? –Alexius clavó los ojos gris hielo en su rostro encendido y ansioso.

–Ya no –corrigió ella con impotencia–. Por elección y decisión propia.

Alexius rechinó los dientes con irritación. Ya estaba hecho. Por elección de ella, no suya, una situación nada habitual para él. Pero unos segundos después, dejó que el deseo que había controlado con gran esfuerzo le ganara la partida y se hundió profundamente en la sedosa calidez del diminuto cuerpo.

Los músculos internos de Rosie se tensaron alrededor de él cuando pequeños espasmos de placer asolaron su cuerpo. Había temido que él parara, cuando ella quería que siguiera. Pero empezó a moverse con más fuerza y rapidez, y su excitación volvió con una intensidad que la dejó sin aliento. Controlada por las sensaciones, alzó las caderas y lo rodeó con las piernas, dándole la bienvenida instintivamente. El placer llegó como una ola eléctrica, que cosquilleó y abrasó cada célula de su cuerpo, hasta alcanzar una cima cercana al éxtasis. Alexius se estremeció y se vació en su interior, inmerso en una excitación desconocida para él. Miró su rostro y vio que las lágrimas habían dejado surcos en sus mejillas; sus ojos lo miraban entre deslumbrada y atónita. La liberó de su peso y, aunque solía apartarse de sus amantes en cuanto obtenía satisfacción, la rodeó con sus brazos y la atrajo hacia su pecho.

–¿Estás bien *moli mou*? –preguntó, acariciando su mejilla con el aliento–. ¿Te duele?

–No –Rosie ocultó su vergüenza enterrando el rostro en su ancho hombro moreno e inhalando su aroma almizclado. Se sentía ligera como el aire, de felicidad y agotamiento–. Estoy muy bien, Alex.

–¿Hay algún sitio donde pueda ducharme? –preguntó Alexius, incómodo por cómo la estaba abrazando y buscando una escapatoria. Carecía del gen de los mimos y abrazos, pero le encantaba sentir su cuerpo cerca del suyo, y no quería arriesgarse a herir sus sentimientos apartándola.

–No hay agua caliente a esta hora de la noche –dijo ella, incómoda–. Lo siento.

–No hay problema –mintió él. La falta de agua caliente era otro recordatorio de que estaba en un entorno desconocido, en una situación inaceptable, con una mujer a la que no tendría que haber tocado. Se sintió desorientado como la víctima de un accidente, mientras intentaba dilucidar cómo un hombre como él, lógico, controlado y planificado, había acabado así. La había deseado en cuanto la vio en la puerta de su despacho: preciosa y diminuta, algo que nunca lo había atraído antes. Ella, sin saber quién era, había confiado en él. Eso lo irritaba sobremanera y no sabía por qué. El ritmo pausado de su respiración y la relajación de su cuerpo sobre el suyo le indicó que se había quedado dormida. Con cuidado, bajó una pierna de la cama, recolocó a Rosie y la tapó. Después se vistió en silencio, con el rostro tenso y el ceño fruncido.

Cuando salió al descansillo, algo tiró de la pernera de su pantalón y gruñó. Miró hacia abajo. Bas tenía un buen trozo de sus pantalones en la boca. Intentó librarse de él sacudiendo la pierna; fue un error. Bas aprovechó el movimiento defensivo para clavar los dientes, afilados como agujas, en su pierna. Alexius rechinó sus propios dientes, incrédulo, y se agachó para desenganchar al chihuahua. No fue fácil, porque Bas se resistió gruñendo como si lo atacaran. Por fin, Alexius consiguió capturarlo con una mano. Los enormes ojos marrones lo taladraron, cargados de furia.

—Me lo merecía, tienes razón —murmuró Alexius. Abrió la puerta de la habitación de Rosie, metió al perro dentro y cerró rápidamente. Ella había dicho que se llamaba Baskerville, como el sabueso diabólico de la historia de Sherlock Holmes. Se habría reído si no lo hubiera mordido, pero Bas, por pequeño que fuera, había hecho honor a su nombre.

Pensó que un bastardo le diría a Socrates que no se fiara de su nieta. Así Rosie perdería una fortuna y Alexius no tendría que volver a verla ni recordar lo que había hecho. Pero tras conocerla en persona, sabía que no podía hacer eso. También sabía que, habiéndola tenido una vez, anhelaba volver a hacerlo. Y eso tampoco era posible. Mantener una aventura con la nieta de su padrino era inviable. Socrates esperaría que se casara con ella y, aunque Rosie lo había encendido sexualmente como nadie, Alexius no tenía ninguna intención de casarse. Solo podía ofrecerle sexo y, dadas las circunstancias, eso no era suficiente.

Bajó la escalera y salió a la calle. Su equipo de seguridad, cuatro hombres que lo protegían dondequiera que fuera, estaba en un coche aparcado al otro lado de la calle. Les hizo un gesto con la mano. Volvería a su vida y en pocos días habría olvidado el extraño episodio con Rosie. Había cometido un error, pero todo el mundo se equivocaba, no iba a mortificarse por una aventura de una noche.

Rosie se durmió la mañana siguiente y tuvo que correr para llegar a clase de matemáticas a tiempo. Hasta por la tarde no tuvo tiempo de pensar en que Alex se había marchado en plena noche sin pedirle su número de teléfono o dejarle una nota. Haberse acostado con él en su primera cita no era bueno. Hasta las revistas advertían que los hombres solían considerar fáciles y poco deseables a las mujeres que hacían eso. La animó pensar que Alex habría supuesto que la vería el lunes por la noche, cuando fuera a trabajar.

La alegró mucho llegar a casa y encontrar un precioso ramo de flores y una tarjeta firmada solo con «A». Se dijo que él no se habría gastado tanto dinero si no pensara verla de nuevo. Pidió un jarrón a una compañera y lo puso en el vestíbulo, para que todas pudieran disfrutar de las flores.

Pero cuando Rosie llegó a Industrias STA el lunes por la tarde, la oficina que Alex compartía estaba vacía. Pensó que tal vez estuviera en un viaje de negocios y se negó a preocuparse; pero cuando la semana avanzó y siguió sin verlo, el optimismo generado por el caro ramo de flores se evaporó. Se preguntó si estaba evitándola. Era un ejecutivo y se había acostado con una humilde limpiadora, tal vez se avergonzaba de ello.

El viernes, su jefa, Vanessa, le telefoneó para decirle que la semana siguiente se trasladaría a otra empresa. El contrato temporal con Industrias STA había terminado pero, aun así, les habían ofrecido un contrato más lucrativo, de doce meses, en otra de sus empresas. Ese fin de semana, Rosie comprendió que no volvería a ver a Alex Kolovos. Era obvio que le había enviado las flores llevado por la culpabilidad, pues era consciente de que no volvería a verla.

«Se acabó lo que se daba», pensó, asombrada por cuánto le dolía su rechazo. Se había arriesgado, había confiado en un hombre a quien apenas conocía y había pagado las consecuencias. «Que esto te sirva de lección», se dijo. Alex solo había querido llevársela a la cama, lo había conseguido fácilmente y no quería repetir la experiencia. Recordó su desconcierto cuando descubrió que era su primer amante; era obvio que una novata en la cama no tenía interés para él.

Al final de la segunda semana, a Rosie la preocupó que no le bajara el periodo, porque era regular como un reloj. Se recordó que tomaba la píldora y un embarazo era muy improbable, pero el haberse acostado con Alex no dejaba de rondarle la mente. Una angustiosa semana después, concertó cita con el médico, que le hizo una prueba de embarazo de inmediato.

–Tomo la píldora anticonceptiva, ¡pensé que estaba protegida! –exclamó Rosie cuando el doctor le dio la noticia de que había concebido.

El médico, amable y comprensivo, le hizo varias preguntas, entre ellas si había tenido problemas estomacales. Entonces Rosie recordó con desconsuelo la noche que se había sentido mal y se había levantado a vomitar.

–Seguramente vomitaste la píldora y eso disminuyó su eficacia. Tendrías que haber tomado precauciones adicionales durante el resto del ciclo –explicó él con un suspiro.

Rosie salió de la consulta anonadada. Le costaba creer que su breve encuentro con Alex pudiera tener como resultado un bebé. Pero los folletos sobre el embarazo que llevaba en el bolso eran muy reales. No sabía cómo iba a mantener a un bebé cuando apenas ganaba suficiente para comer y vestirse ella misma.

Se le ocurrió que Alex Kolovos también era responsable. ¿Por qué no había usado un preservativo? ¿Por qué había confiado en ella? No había razón para que se fuera de rositas mientras la vida de ella se sumía en el caos. Y al pobre bebé, concebido por descuido, no le esperaba una vida muy feliz. Rosie había planeado matricularse en la universidad en otoño. Tenía ofertas de dos universidades, que pendían del resultado de los exámenes que haría dos semanas después. Quería estudiar gestión empresarial, pero ¿cómo iba a hacerlo si tenía un bebé?

Esa tarde, Rosie decidió que tenía que decírselo a Alex. Tenía derecho a saberlo, también sería hijo suyo. La idea no le gustaría, y tal vez lo enfureciera. Pero Rosie no sentía pena por él en ese sentido. Un niño haría menos estragos en la vida de él que en la suya.

La mañana siguiente fue en metro a la sede de Industrias STA, entró y subió a la última planta. La esbelta recepcionista la miró con curiosidad cuando dijo que quería ver a Alex Kolovos.

–Aquí no trabaja nadie de ese nombre –le dijo la joven con voz seca.

–Claro que sí. Lo conocí hace tres semanas. Trabajaba hasta tarde –aclaró Rosie, ruborosa–. Esperaré ahí sentada mientras lo localiza.

–No puedo localizar a alguien que no existe –replicó la mujer–. Conozco a todo el personal y nadie se llama así.

Rosie se sentó al borde de uno de los sofás de cuero de la lujosa zona de espera. Estaba tensa e incómoda, consciente de que parecía fuera de lugar con vaqueros y chaqueta, cuando todos, hombres y mujeres, llevaban elegantes trajes oscuros. Se preguntó si Alex le había mentido, dándole un nombre falso. Tal vez la foto del escritorio sí fuera suya. ¿Se había acostado con un hombre casado? Blanca como una sábana, observó a la recepcionista hacer una llamada y hablar en voz baja, evitando mirarla. De repente, la mujer la miró con sorpresa y frunció el ceño.

–Alguien vendrá a ayudarla –anunció la recepcionista, obviamente incómoda.

Rosie se puso roja como la grana, preguntándose si había llamado a seguridad para que la echaran de allí. ¿Le habría dado Alex un nombre falso? ¿Estaba casado?

–¿Señorita Gray? –le dijo un hombre mayor.

–¿Sí? –Rosie se levantó–. Puedo enseñarle el despacho en el que trabajaba Alex...

–No será necesario, señorita Gray. Eh... Alex la espera –dijo él–. Venga por aquí...

Rosie captó la expresión atónita de la recepcionista y se preguntó qué estaba ocurriendo. Tal vez fuera ella quien le había mentido. Se apartó un mechón de pelo del rostro, agarró él bolso y siguió al hombre por un pasillo por el que había pasado la aspiradora. Conducía al despacho del gran jefe que, como no se incluía en sus tareas, siempre había estado cerrado con llave.

–¿Adónde vamos? –preguntó Rosie.

–La señorita Gray, señor –dijo el hombre, abriendo la puerta sin contestarle.

Rosie entró en una enorme y luminosa oficina. Parpadeó y se humedeció el labio inferior al ver al hombre alto que había tras el escritorio de cristal. La puerta se cerró a su espalda.

–¿Alex? –susurró con incertidumbre.

–Mi nombre completo es Alexius Kolovos Stavroulakis –farfulló él–. Por discreción, solo te dije parte de él. Por suerte, Titos, el jefe de mi equipo de seguridad, reconoció el nombre que le diste a la recepcionista.

«¿Stavroulakis?». Hasta Rosie sabía que la S de Industrias STA era la inicial de Stavroulakis. Él no era un empleado, era el dueño, un hombre muy rico y poderoso, que la había engañado sobre su identidad. El impacto de la noticia la golpeó con fuerza y se sintió mareada.

–¿Sta... vroulakis? –tartamudeó, luchando contra las náuseas–. Pero ¿por qué iba un tipo como tú a interesarse por una mujer como yo?

Estaba pálida como una sábana y por la expresión de sus ojos parecía hallarse en estado de shock. Él la vio tambalearse y fue hacia ella, pero no llegó a tiempo de agarrarla antes de que cayera al suelo.

Con un presentimiento nefasto, Alexius Kolovos Stavroulakis se inclinó y alzó su ligero cuerpo en brazos. Solo se le ocurría una razón por la que Rosie se habría molestado en buscarlo, pero tenía la esperanza de estar equivocado.

Capítulo 4

ALEXIUS examinó a Rosie, tumbada en el sofá de su ático. Empezaba a recuperar la conciencia y un suspiro escapó de sus labios. Parecía una muñeca, una muñeca vestida de adolescente, con vaqueros, suéter de rayas y una chaqueta de cuyo bolsillo asomaba un gorro de lana con un pompón. Llevaba zapatos de lona, muy desgastados. «*Thee mou*, ¿en que diablos pensabas cuando te acostaste con ella?». La respuesta era clara, no había pensado en absoluto. Examinó su delicado perfil y las pestañas que empezaban a agitarse, mientras un leve rubor devolvía a sus mejillas su color natural. Cuando Rosie frunció los labios, él tuvo una reacción física tan predecible como inesperada. Recordaba bien el ardor prieto de su cuerpo, pero recordaba aún mejor la mirada de asombro de sus ojos después. Ninguna mujer lo había mirado así antes. De hecho, Alexius llevaba tres interminables semanas reviviendo esa noche, intentando dormir con una erección que no podía doblegar, soñando con ella, despertándose aún insatisfecho y airado consigo mismo.

Se había involucrado, algo que nunca hacía con una mujer, y tenía la impresión de que iba a pagar por ese error de juicio en tiempo récord.

Rosie abrió los ojos y vio una pared de cristal que no reconoció. Se sentó, desconcertada por la vista de los tejados de Londres que solo los que vivían en un mundo privilegiado podían disfrutar. Le daba vueltas la cabeza e hizo una mueca.

—No intentes levantarte mientras sigas sintiéndote mareada —le aconsejó Alex.

«No Alex, Alexius», se recordó, volviendo la cabeza para mirarlo. Allí estaba, alto y erguido con la arrogante cabeza morena inclinada hacia atrás. Parecía exactamente lo que era: un hombre de negocios rico, poderoso y muy bien vestido, con ojos plateados tan agudos como un rayo láser. Era tan bello que le dolía mirarlo, así que bajó la vista de nuevo. No era extraño que se hubiera metido en su cama con tanta facilidad, era la tentación suma, mucho más de lo que una chica normal era capaz de resistir.

—¿Dónde estoy? —preguntó.

—Este piso está encima de mi oficina. Quería hablar contigo en privado —su voz sonó templada y medida. Su serenidad hizo que Rosie deseara darle una bofetada.

—Me mentiste sobre quién eres.

—No mentí —«Ya empieza lo malo», pensó Alexius con fatalismo—. Simplemente omití partes de la verdad.

Rosie se puso en pie sobre el suelo de madera. Miró las mesas de cristal ahumado, el lujoso mobiliario y los impresionantes cuadros y estuvo a punto de volver a marearse. Se sentía como un pez fuera del agua en un entorno tan opulento.

—¡Eso no es más que cuestión de semántica, que tú dominas! ¿A qué jugabas conmigo?

—Siéntate, Rosie —urgió Alexius—. No era ningún juego. Tu abuelo...

–No tengo ningún abuelo...

–El padre de tu padre, Socrates Seferis, está más que vivo –replicó él.

–Mi madre me dijo que mi padre no tenía parientes vivos –arguyó ella, alzando la barbilla.

Alexius pensó que, incluso con el pelo recogido en una cola de caballo, era una preciosidad. Hizo un esfuerzo para pensar en el tipo de mujeres que solían atraerlo. Altas, curvilíneas, morenas y elegantes; pero allí estaba Rosie, diminuta, con cuerpo de niña, carácter volátil y descarada, e irresistiblemente atractiva aunque no supiera por qué.

–Tu madre sabía muy bien que tu abuelo estaba vivo, porque le pidió ayuda financiera cuando tu padre la dejó y estaba embarazada de ti –dijo Alexius–. Y él le dio dinero.

–Yo nunca vi un céntimo –Rosie, pálida, volvió a sentarse.

–No lo dudo. Sé que creciste en hogares de acogida, pero lo cierto es que a tu abuelo le importabas e hizo cuanto pudo para que crecieras sintiéndote segura y sin carecer de nada.

Rosie miró sus zapatos de lona. Nunca se había sentido segura; incluso en casa de Beryl había sabido que podían trasladarla a otra casa en cualquier momento. Pero empezó a recordar un periodo de su vida en el que ver a su madre había sido casi emocionante. Jenny tenía un montón de fotos que enseñarle, en playas tropicales y hoteles de lujo, y llevaba ropa llamativa y elegantes zapatos de tacón. Con el paso del tiempo, Rosie había supuesto que su madre había tenido un novio rico que le costeaba esos lujos. Pero bien podría ser que la ropa de diseño y los frecuentes viajes al extranjero hubieran corrido a cuenta de su abuelo, Socrates. Era más que posible que Jenny Gray hubiera mentido. Si había aceptado dinero para criar a una hija a la que no estaba criando, había cometido un fraude que podía haberla llevado a la cárcel. Incluso de niña, Rosie había captado que su madre mentía cuando le parecía conveniente. Tenía sentido que le hubiera ocultado la existencia de Socrates para no delatarse. Sin embargo, Rosie seguía sin entender por qué Alexius Stavroulakis le hablaba de un abuelo hasta entonces desconocido para ella.

–¿Cuál es tu papel en todo esto? –le exigió–. ¿Qué vínculo tienes con mi abuelo? ¿Por qué sabes tanto sobre mis antecedentes?

–Socrates Seferis es mi padrino y un viejo amigo –comentó Alexius, aliviado al verla tan serena, si bien atónita–. Me pidió que intentara conocerte y le dijera cómo eres.

–¿Conocerme? –repitió Rosie, asombrada–. ¿Por qué iba a hacer eso?

–Quería saber qué clase de mujer eres antes de invitarte a ir a Grecia; confía en mi juicio. Te interesará saber que he informado a Socrates de que eres cuanto podría desear de una nieta.

–¿Esa es la razón de que me hablaras, me ayudaras con Jason y me llevaras a cenar? –adivinó Rosie, con el corazón en los pies. Todo había sido una mentira, desde el momento en que se fijó en ella a su aparente interés y al placer que le había hecho sentir en la cama esa misma noche.

–Por supuesto, el sexo no formaba parte del plan –comentó Alexius con obvio desagrado.

Blanca como la leche, apabullada por ese desprecio, Rosie lo miró con ojos verdes rebosantes de dolor y censura. Cerró los puños.

—Me aproveché de ti cuando te sentías vulnerable. Eso estuvo mal —murmuró Alexius, aunque para él la humildad era un reto. No iba a pedirle perdón por el mejor sexo que había disfrutado en una década, pero sabía que había sido inapropiado, dadas las circunstancias.

Rosie lo miró con los ojos entrecerrados. Para su vergüenza, sintió el clamor de su cuerpo respondiendo ante él: un cosquilleo en los pezones y humedad entre las piernas. La había enseñado a desearlo y ese falso vínculo de intimidad la traicionaba. Pero él no era quien había creído, era un extraño. No quería pensar que se había aprovechado de ella, porque eso hacía que se sintiera minúscula y sin control sobre su propia vida. Una humillación indeseada en ese momento.

—¿Y el dinero que se enganchó en la aspiradora? ¿Fue algún tipo de prueba? —dijo Rosie, rebosante de amargura.

—Rudimentaria, pero efectiva. Necesitaba saber, por el bien de mi padrino, si eras de fiar —declaró Alexius con serenidad—. Por favor, acepta que no pretendía hacerte ningún daño. Intentaba ayudar a un amigo, por petición suya. ¿No tienes preguntas que hacerme sobre tu abuelo?

—¿Tendría que tenerlas? ¿Sobre un hombre cuya existencia desconocía hasta hace cinco minutos? ¿Un hombre que conocía mi existencia y nunca ha intentado verme? ¿Un hombre que te pidió que me juzgaras, en vez de hacerlo él?

Alexius frunció el ceño, decepcionado. Era una visión más fría y crítica de la que había esperado de una mujer que, según había dicho, echaba de menos tener familia.

–Su comportamiento es excusable. Hace solo un par de semanas, Socrates tuvo que someterse a una grave operación cardíaca; ahora se recupera en su casa de Atenas. No está en condiciones para volar aquí a conocerte en persona.

–Siento oír eso, pero dado que quería que alguien me vetara a mis espaldas antes de conocerme, no tengo más que decir –repuso Rosie con voz seca–. Es una forma horrible de enterarme de que tengo un abuelo. Me mentiste...

–No te mentí –replicó Alexius con voz fría–. Mi nombre legal es Alexius Kolovos Stavroulakis.

–Mentiste –repitió ella, inexpresiva–. Querías engañarme respecto a tu identidad y funcionó. ¡Fui tan tonta como para caer en la trampa!

–Lo siento –Alexius no soportaba el dolor que veía en sus ojos, anhelaba abrazarla–, pero espero que me perdones cuando conozcas a tu abuelo.

–No tengo intención de conocerlo –afirmó Rosie–. Tengo suficientes problemas en mi vida para ir a conocer a un anciano que intentó juzgar si yo merecía o no la pena antes de conocerme.

–Socrates me ha pedido que te lleve a Grecia. No le eches a él la culpa de mi ofensa –aconsejó él, serio–. Si lo haces, te arrepentirás. Eres una mujer de buen corazón.

–¿De buen corazón? –Rosie lo taladró con sus ojos verdes cargados de condena–. Si estuvieras delante de una ventana abierta en este momento, ¡te daría un empujón! Te odio...

–Apenas me conoces, ¿cómo puedes odiarme? –le devolvió Alexius con voz seca.

Desconcertada por ese recordatorio no deseado,

Rosie se levantó y paseó por la habitación. Era obvio que un interiorista de alto rango se había ocupado de la decoración: aquello parecía una portada de revista, casi irreal. Se dio la vuelta y se enfrentó a los tormentosos ojos de plata líquida.

–¿Por qué estás enfadado conmigo? –exigió, furiosa–. ¿Qué razón tienes tú para estarlo?

Alexius, que se enorgullecía de su capacidad para ocultar sus emociones, rechinó los dientes.

–Me enfada que tu abuelo pueda sufrir las consecuencias de mi pésima forma de entablar contacto contigo.

–Yo no me vengo de quien no me ha hecho daño. No dudo que sea un anciano encantador y le deseo lo mejor –farfulló ella, incómoda–. Pero no sé si quiero conocerlo y, desde luego, no quiero ir a ningún sitio contigo después de lo que he descubierto sobre ti.

–¿Qué has descubierto que sea tan amenazador? –Alexius intentó no mirar la deliciosa curva de su trasero y su diminuta cintura. Su delicado cuerpo seguía excitándolo.

–Podrías ser un alienígena –replicó Rosie, señalando la opulenta habitación–. Eres rico y tienes educación. Yo soy pobre e intento completar mis estudios. Pero, sobre todo, no puedo confiar en ti porque no dices la verdad.

–Si te sirve de algo –su sensual boca se curvó con un amago de humor que la enfureció–, puedo prometerte ahora mismo que no te contaré otra media verdad ni omitiré la verdad por poco que pueda gustarte.

–Eso sería un buen principio. Por ejemplo, ¿cómo eres de rico? ¿Tienes un avión privado?

Alexius tenía toda una flota, pero decidió no decirlo.

Simplemente, asintió. Ella hizo una mueca de decepción, había tenido la esperanza de que no fuera tan rico.

–¿Y tienes más de una casa?

Alexius, comprendiendo que a ella no le gustaba lo que estaba descubriendo, siseó con impaciencia.

–Sí. Heredé mucho dinero de mis padres. Ambos eran ricos antes de casarse.

Rosie sintió un pinchazo de dolor. Tenía que haber estado ciega para no fijarse en su carísimo reloj de oro, los gemelos de diamantes, el corte perfecto del traje gris paloma. No era un oficinista con coche de empresa. No, era dueño de la empresa, y por lo que había oído, Industrias STA era una corporación internacional de alto nivel.

–¿Por qué has venido a buscarme, Rosie? –preguntó Alexius. Se preguntaba por qué nunca se le había ocurrido que podía existir una mujer que considerara su riqueza una barrera y un problema. La idea lo fascinaba.

–Porque estoy embarazada –Rosie alzó un hombro con expresión de fatalidad. El silencio creció y creció, llenando la habitación hasta el punto de ahogarla. Así que siguió hablando–. Siento decirlo así pero, aunque estaba tomando la píldora, como te dije, esa misma semana tuve un problema estomacal y mi médico cree que al vomitar quedé desprotegida - explicó rápidamente.

Alexius la estudió como si hubiera puesto una bomba ante sus ojos. Había palidecido, tenía los ojos velados y su rostro estaba tenso.

–¿Estás embarazada? ¿Estás segura?

–Claro que estoy segura. Las pruebas son rápidas y definitivas hoy en día.

–¿Y estás segura de que es mío?

–Sabes que no había habido nadie antes de ti, y te aseguro que no ha habido nadie después –aseveró Rosie, resentida por la pregunta, a pesar de que tuviera derecho a hacerla–. Es tu bebé.

«Un bebé». El concepto fue como una explosión en el cerebro de Alexius. Con sus palabras, ella acababa de confirmar sus peores temores. Lo había atrapado cuando siempre se había jurado que no se dejaría atrapar. Tenía amigos que habían pasado por lo mismo y a ninguno de ellos les había ido bien. Siempre se había cuidado de correr riesgos, sin embargo, con ella, por no levantarse a por su chaqueta, había practicado el sexo sin tomar precauciones. Al ser la parte más experimentada, solo podía culparse a sí mismo por no pensar en las posibles consecuencias si algo iba mal. Y, había ido mal, terriblemente mal.

–Es un shock para ti –musitó Rosie, incómoda–. También lo fue para mí, pero me temo que no quiero poner fin a...

–Nunca te pediría que lo hicieras –interrumpió Alexius–. Somos adultos. Nos haremos cargo.

–No es tan fácil hacerse cargo de un bebé –comentó Rosie, recordando la atención constante que habían requerido los bebés en las residencias de acogida. Eran casi un trabajo de jornada completa. No podían estar solos ni un minuto, y a veces no dormían por la noche. Un bebé pondría fin a todos sus planes de futuro–. No es el mejor momento para mí. Tengo exámenes dentro de dos semanas. Y ahora no podré concentrarme...

–¿Estás estudiando para unos exámenes? –Alexius salió de la nube negra que lo envolvía.

–Sí, quiero matricularme en la universidad en otoño.

Alexius pensó en los enormes agujeros que había en la investigación de Socrates. Igual que la foto no había hecho justicia a su belleza, los datos básicos, incluyendo su dirección, habían sido inexactos. Ella no se conformaba con limpiar oficinas el resto de su vida; obviamente, tenía empuje y ambiciones que él habría descubierto si le hubiera hecho preguntas personales. Pero, al fin y al cabo, quien fuera y cómo fuera, ya no tenía importancia, dado que había concebido a un hijo suyo. Socrates no se merecía que lo avergonzara. Tragó aire y se dispuso a sacrificar su libertad.

–Me casaré contigo...

–No seas idiota –exclamó Rosie, riendo y frunciendo el ceño al mismo tiempo.

Alex apretó los dientes. El matrimonio era la única solución que veía al problema.

–Lo digo en serio. Me casaré contigo. Daré mi apellido al bebé y tendrás todo mi apoyo.

Rosie, comprendiendo que lo decía en serio, abrió los ojos de par en par.

–¿Harías eso? ¿Te casarías conmigo?

–Es mi deber, por tu bien y por el del niño –los ojos plateados, enmarcados por pestañas negras, buscaron los suyos–. No puedo permitir que críes a mi hijo tú sola.

–Te preocupa lo que pensará mi abuelo –adivinó Rosie–. Pero hoy en día la gente no se casa solo porque haya un bebé en camino.

–Sigue siendo lo correcto –replicó él–. Es el enfoque más práctico.

–No estoy de acuerdo. Tú no quieres casarte conmigo, Alex. No puedo aceptar. Sería injusto para los dos –dijo Rosie con voz queda–. Pero supongo que debería darte las gracias por pedírmelo. Has sido muy considerado.

–¿Considerado? –Alexius la miró atónito, incapaz de creer que lo estuviera rechazando sin pensarlo ni un segundo.

–Has optado por la solución tradicional, aunque no es tu deseo personal –aclaró Rosie–. Tranquilo. Yo tampoco quiero casarme contigo. Por favor, sé sincero conmigo...

–Estoy siendo sincero, Rosie –Alexius apretó los labios.

–Alex, no me quieres como esposa y tampoco deseas ser padre. Lo percibo –aseveró Rosie con ojos apesadumbrados pero muy abiertos–. No tienes por qué disimular conmigo. Estoy tan afectada como tú por lo del bebé, pero no tenemos que casarnos solo por hacer «lo correcto».

–Tu abuelo estaría en desacuerdo contigo.

–Bueno, si alguna vez llego a conocerlo, tendremos que acordar que estamos en desacuerdo. No quiero un marido reacio ni un padre reticente para mi hijo, eso es sensato, no estúpido –dijo Rosie, convencida–. Para empezar, yo no encajaría en tu mundo. Tus amigos se reirían de mí. Te avergonzaría. ¡Soy una mujer de la limpieza, santo cielo!

–Nadie se reiría de ti mientras yo estuviera presente –clamó Alexius, con voz ronca–. Me esforzaría para ser buen marido y buen padre...

–Pero no me quieres... y que tuvieras que esforzarte todo el tiempo destrozaría mi autoestima –protestó Rosie.

–El amor es lujuria, nada más –dijo él, desdeñoso–. Y te aseguro que no te decepcionaré en ese sentido.

Ante tal grado de cinismo, Rosie se convenció aún más de que su decisión era la apropiada.

—No estoy de acuerdo en que el amor entre un hombre y una mujer se limite a la lujuria. Y, si alguna vez me caso, quiero amor.

—Yo no puedo darte eso —tensó la mandíbula.

—No importa, dado que no voy a casarme contigo —replicó Rosie, ignorando el dolor que le producía que estuviera tan seguro de que no podía llegar a amarla—. Tal vez deberías concentrar tus «esfuerzos», en intentar amar a nuestro hijo cuando nazca.

—Estas actuando como una tonta, Rosie —dijo él, con expresión tormentosa y ojos brillantes como estrellas en un cielo oscuro.

—Yo seré la juez de eso —Rosie cruzó los brazos.

—Rechazar mi propuesta de matrimonio sin siquiera considerarla es una estupidez —ladró él.

—Hemos tenido una noche de sexo, ¡no una relación! —le devolvió Rosie, airada—. No me conoces, ni sabes ni te importa lo que quiero, y desapareciste después de esa noche, ¡dejando más que claro que no querías volver a verme!

—Pero sabía que te vería cuando te llevara a Grecia a conocer a tu abuelo —le recordó él.

—No sé si aceptaré ir. Ahora mismo, con el bebé, tengo más que suficiente que hacer con mi vida —admitió Rosie con los labios prietos.

Alexius la escrutó. La lujuriosa boca rosada que se había derretido bajo la suya formaba una línea dura y obstinada. Se sintió atenazado por la frustración. No estaba acostumbrado al desafío ni a la oposición. Deseó agarrarla y meterla en un avión, independientemente de lo que ella quisiera, porque estaba seguro de que era lo mejor.

—¿Piensas seguir limpiando cada noche durante el embarazo? —le preguntó con desdén.

—¿Tú que crees? —su rostro se arreboló.

—Creo que necesitas mi apoyo para poder dejar de trabajar y concentrarte en tus exámenes —dijo él, reflexivo. Le gustaba más imaginársela volcada sobre un libro que empujando una pulidora de suelo más grande que ella—. No hace falta que te diga que el trabajo que haces ahora es demasiado duro para una mujer en tu estado.

—Eso es una tontería —Rosie palideció—. Me apaño muy bien.

—Te has desmayado —le recordó Alexius con testarudez—. ¿Por qué dices que te apañas bien?

—¿Quieres saber por qué me he desmayado? —apretó los dedos, clavándose las uñas en las palmas de las manos—. Tengo náuseas matutinas y no puedo comer por la mañana; el estrés de venir hasta aquí y enterarme de quién eres con el estómago vacío, ha sido demasiado. Por eso me he mareado un poco.

—Y si te mareas en una escalera, podrías caer y lesionarte. ¿Esperas que deje que sigas así? —le devolvió Alexius—. ¿Qué hombre aceptaría eso sin interferir?

—El mismo hombre que se acostó conmigo y se marchó en mitad de la noche sin dar explicaciones —replicó Rosie sin el menor titubeo—. No intentes aparentar que eres don Sensible y don Humanitario, porque no lo eres.

Alexius, con esa acusación resonando en sus oídos, levantó el teléfono interior para pedirle a su ama de llaves que trajera el desayuno a su combativa invitada.

Estaba furioso, más furioso de lo que había estado desde que era un adolescente. No estaba avanzando nada. Ella no escuchaba. Era irrespetuosa. Ni siquiera había aceptado conocer a Socrates. El genio que solía controlar era como un fuego en su interior.

—¿Por qué me miras así? —exigió Rosie, afectada por esos ojos de mercurio líquido que la taladraban—. Puedo cuidar de mí misma, Alex. No tienes que preocuparte por mí.

—¡Te cuidas tan bien que dejaste que me metiera en tu cama la primera noche! —rugió Alexius.

Rosie, que no podía discutir eso, ni parpadeó. Sabía que lo estaba irritando, pero sospechaba que sería el caso con cualquiera que le dijera que no. Ya era hora de que alguien se enfrentara a él.

—Todo el mundo comete errores, tú fuiste el mío.

Alexius dio un paso hacia ella, atónito porque le opusiera resistencia. Todos se acobardaban las raras veces que alzaba la voz. ¿Cómo se atrevía a considerarlo un error? ¿Cómo se atrevía a rechazar su propuesta de matrimonio sin más? ¿Cómo se atrevía a no escucharlo?

—Esa noche no fue un error, *moraki mou* —gruñó Alexius, con la vista fija en el rostro triangular, los ojos esmeralda y la suculenta boca.

Rosie sintió que sus senos se tensaban contra el suéter. La ardiente humedad entre las piernas ya no era nueva para ella; había soñado con aquella noche a diario y estaba acostumbrada a ese latido íntimo que él le había enseñado a sentir.

—Claro que fue un error —contradijo.

—No, no lo fue —Alexius agarró su muñeca y la atrajo hacia su duro y musculoso cuerpo.

Rosie dejó escapar un gemido de sorpresa antes de que él capturara su boca con la fuerza devastadora del fuego. La apretó contra sí y la besó con una pasión que la hechizó, mientras sentía el ritmo erótico de su lengua en la boca. Introdujo las manos entre su espeso pelo negro para apartarlo y, segundos después, lo exploraba y apreciaba, moldeándose contra él.

Alexius la tumbó sobre el sofá e introdujo una mano bajo su suéter para tentar los delicados pezones erectos que tanto le habían gustado hacía ya muchas noches. Ella arqueó la espalda y gimió de placer al sentir sus caricias. Él alzó su suéter e inclinó la cabeza para succionar uno de sus pezones. En ese momento, llamaron a la puerta.

Él se apartó rápidamente. Rosie volvió a la realidad y miró su pecho desnudo con horror.

—¡No vuelvas a tocarme así! —exclamó, bajándose el suéter y sentándose.

—¿Lo dices porque te gusta demasiado para resistirte? —ironizó él, yendo a abrir la puerta.

El rostro acorazonado de Rosie ardía de calor. Era un abusón y un aprovechado. Le había robado ese beso con la misma serenidad con la que le había robado su virginidad; necesitaba más autocontrol estando con él. Lo que no necesitaba era admirar cómo cruzaba la habitación con la elegancia de un tigre, fluido, musculoso y seguro de sí mismo. El problema era que la excitaba solo con verlo, y esa excitación era de lo más seductora. Supuso que era pura lujuria.

—Come —ordenó Alexius, poniendo una bandeja sobre la mesita de café.

En una cesta, entre bollos diversos, había un cruasán de chocolate. A Rosie se le hizo la boca agua. Se sirvió té y, cortésmente, al ver que había dos tazas, le preguntó si él también quería.

—Solo bebo café —rechazó él.

Ella descubrió que seguía temblando por los efectos del apasionado abrazo. Él la abrasaba, demostrándole que era una persona mucho más física de lo que había creído. Eso hacía que se sintiera vulnerable y débil, y no le gustaba nada.

—¿Por qué te has enfadado cuando he dicho que esa noche fue un error? —preguntó, curiosa.

—Fue demasiado buena para ser un error. Disfruté mucho—afirmó él con calma. Rosie casi se atragantó con el cruasán.

—Pensaré en lo de conocer a mi abuelo después de los exámenes —concedió, tras tragar el bocado.

—¿Y pensarás también en casarte conmigo? —preguntó Alexius, al verla menos beligerante.

—No —Rosie, tensa, alzó la mirada hacia él—. Esa decisión es firme y no la reconsideraré.

—¿Por qué no? —siseó Alexius, impaciente.

—¿Cómo puedes preguntarme eso cuando no quieres casarte? —le devolvió Rosie, asombrada por su actitud—. ¿Has querido casarte alguna vez?

—No —admitió él.

—¿Alguna vez has querido tener un hijo?

Alexius frunció el ceño, titubeante.

—Has prometido decirme la verdad de ahora en adelante —le recordó Rosie.

—No —masculló él—. Nunca he querido un hijo.

—Entonces, ¿por qué iba a querer casarme contigo?

—¿Seguridad? ¿Apoyo? ¿Un padre para el niño? —Alexius pensó que, por lo visto, ella carecía del gen de la avaricia que estaba acostumbrado a despertar en el sexo femenino.

—Si me casara contigo, te irías con otra mujer en cinco minutos —predijo Rosie con una mueca—. No me das la impresión de ser un hombre capaz de adaptarse a la vida doméstica y a la paternidad, y menos si no lo haces por voluntad propia.

—Podría sorprenderte —Alexius, que odiaba que dudasen de su capacidad, apretó los dientes.

—Y los cerdos podrían volar —comentó Rosie entre dientes.

—¿Eso es un reto? —Alexius enarcó una ceja.

—No, no lo es —Rosie no quería iniciar otra discusión—. ¿No podemos ser amigos, Alex?

—No quiero ser amigo tuyo —replicó Alexius—. ¿Has comido suficiente?

—Más que suficiente —miró su reloj—. Tengo que ir a clase —se sacudió las migas y se levantó.

—Llamaré a un coche.

—No hace falta —Rosie fue hacia la puerta.

—A partir de ahora tendrás un coche y un chófer a tu disposición —afirmó él.

—No seas ridículo. ¿Qué iba a hacer con un coche y un chófer? —lo miró atónita.

—Utilizarlos —respondió Alexius, seco—. Dame tu número de teléfono.

—¿No te parece irónico pedírmelo ahora, solo porque estoy embarazada? —le lanzó Rosie, sin pensarlo. Los rasgos de él se tensaron.

—Aún tenemos mucho que hablar, *moraki mou*.

—He dicho cuanto tengo que decir.

—Yo apenas he empezado —su boca se curvó con una sonrisa sarcástica.

Rosie apuntó su teléfono en un trozo de papel.

–No le digas a mi abuelo que necesito tiempo para decidirme a conocerlo, dile solo que tengo exámenes. No quiero herir sus sentimientos.

–¿Y qué me dices de los míos?

–No creo que tengas muchos –dijo ella con toda sinceridad–. Eres agresivo y estás demasiado seguro de ti mismo para ser sensible, y eres demasiado egoísta para que te afecten las cosas.

–Acabo de darte de comer –se defendió él, desconcertado por la imagen que tenía de él.

–Seguramente sea una inversión porque llevo dentro al heredero Stavroulakis –aventuró ella. Al mirarlo captó la tensión de su rostro y se preguntó si había más bajo su sofisticada apariencia de lo que había creído. No entendía que le hubiera propuesto matrimonio cuando ni quería casarse ni ser padre. Se preguntó si era porque temía la reacción de su abuelo cuando supiera que la había dejado embarazada. Tal vez veía el matrimonio como una ofrenda de paz.

Un heredero de los Stavroulakis no era ninguna broma, reflexionó Alexius tras pedirle a Titos que un guardaespaldas siguiera a Rosie con discreción. Un hijo, niño o niña, le daba igual. Fuera lo que fuera, se aseguraría de que disfrutara de una infancia muy distinta de la que había tenido él como heredero de los Stavroulakis. Era un deber básico hacia su propia sangre, nada más.

Al día siguiente, cuando Rosie volvió de clase, estaba agotada y aún inmersa en un torbellino emocional. Desde el día anterior iba a todas partes en un

BMW, cuyo chófer la esperaba a la salida de cada clase sin emitir la menor queja. Ese lujo no encajaba con su vida sencilla, igual que no encajaba que Alexius Stavroulakis le hubiera pedido matrimonio sin tener en cuenta el abismo de estatus social que había entre ellos, y que no la quería a ella ni al bebé. «Por qué lo ha hecho? ¿Está loco?», se preguntaba con frustración. Por muy atraída que se sintiera hacia él, aceptar su proposición habría sido un error monumental. Aunque quería darle a su bebé las mejores opciones en la vida, estaba convencida de que un matrimonio tan desigual no podría durar. Y, peor aún, un fracaso matrimonial causaría malos sentimientos entre Alexius y ella, lo que a su vez tendría efectos adversos para su hijo. Era más sensato construir con él una relación civilizada pero más distante. A su pesar, tendría que ser una relación sin intimidad sexual ni sentimientos profundos. No podía negar que, si no hubiera visto claramente el desinterés de Alexius hacia el matrimonio y la paternidad, la habría tentado mucho aceptar su propuesta.

–Tienes visita –dijo Martha, bajando la escalera con Bas en brazos.

Rosie entró al salón y se puso rígida al ver a Jason Steele levantarse del sofá. «Oh, diablos», pensó. Con todo lo que había pasado en las últimas cuarenta y ocho horas, no estaba de humor para ver a Jason.

Capítulo 5

ME QUEDARÉ con Bas –le susurró Martha al oído–. Ese hombre no le gusta.

–Gracias –dijo Rosie. Entró en el salón y cerró la puerta–. Es una sorpresa verte, Jason. ¿Cómo has descubierto dónde vivo?

–Prefiero no decírtelo –hizo una mueca–. Pero tenía que verte después de lo que pasó hace un par de semanas. Solo quería hablar contigo.

–Siéntate, Jason. Esa noche me asustaste –admitió Rosie, sentándose en un sillón frente a él.

–Lo siento –Jason se sentó y el sofá crujió con el peso de su envergadura–. No pretendía hacerlo, pero me sacó de quicio que ese tipo interfiriera en algo que no era asunto suyo. He pensado que tú y yo podríamos salir alguna noche... Ir al cine o a cenar, lo que prefieras.

–No es buena idea –Rosie se sonrojó, incómoda con la invitación.

–¿Por qué no? ¿Qué tengo yo de malo? –inquirió él, con tono beligerante.

–No he dicho que tengas nada de malo –se apresuró a asegurarle Rosie. Decidió que, en ese caso concreto, lo mejor era ser sincera–. No sería bueno para ninguno de los dos. Estoy embarazada.

–¿Me tomas el pelo? –Jason la miró atónito.

–No, te digo la verdad.

–¿Embarazada? –repitió él, mirándola como si hubiera dicho que era leprosa.

En el vestíbulo se oyó una puerta abrirse y cerrarse, voces masculinas y a Bas ladrando como un poseso.

–Ni siquiera sabía que salieras con alguien –Jason se puso en pie–. Bueno, esto ha sido una pérdida de tiempo para mí, ¡no quiero salir con una mujer que espera el hijo de otro tipo!

Antes de que Rosie pudiera asegurarle que estaba a salvo de que ocurriera eso, la puerta de la sala se abrió de repente y se produjo un caos total. Bas saltó sobre Jason, a quien odiaba. Alexius, acompañado de Titos, el jefe de su equipo de seguridad, entró justo cuando Jason le daba una patada al perro. Rosie gritó horrorizada cuando Bas salió volando por los aires y golpeó la pared antes de caer inmóvil sobre el suelo.

–Oh, Dios, Jason... ¡has matado a Bas! –sollozó corriendo hacia el perro.

–No te estreses –le aconsejó Alexius, apartando a Rosie del perro y alzándolo un poco con una mano. Hizo una mueca al comprobar que tenía una pata rota–. Su corazón sigue latiendo. Está inconsciente. Lo llevaremos al veterinario...

–¡Eres un monstruo, Jason! –exclamó Rosie con furia–. Primero me haces daño a mí y ahora atacas a Bas.

–¡El perro me atacó primero! –protestó Jason–. ¡Y no pretendía hacerte daño a ti!

–Todo iba bien hasta que tú entraste –le recriminó Rosie a Alexius. Fue a la cocina y volvió con una bandeja en la que, con manos temblorosas, colocó al diminuto animal.

–Llama a la policía –le dijo Alexius a Rosie–. Esta vez tienes que denunciar a Jason...

–Eso no es necesario –interrumpió Jason.

–Claro que sí –lo cortó Alexius con acidez–. Anoche la seguiste a casa desde el trabajo. ¡La estás acosando!

–No la acoso. Solo te seguí para descubrir dónde vivías –le dijo Jason a Rosie–. No te hice ningún daño. Ni siquiera vine a la puerta porque sabía que era demasiado tarde.

Rosie, desolada al saber que Jason la había seguido, miró a Alexius con ojos nublados.

–Vamos a llevar a Bas al veterinario. Él es lo más importante...

–No, tú lo eres –corrigió Alexius, mirando a Jason con obvia animosidad.

–No pienso volver a molestarla –arguyó Jason–. No sabía lo del bombo.

Alexius comprendió el significado de la expresión, nueva para él, al ver el gesto de asco de Jason. Bas gimió de dolor y Rosie, con los ojos llenos de lágrimas, le acarició la cabeza.

–No podría soportar que le pasara algo a Bas, ¡es lo único que me queda de Beryl!

Alexius la llevó hacia la puerta y le echó sobre los hombros la chaqueta que le dio Martha.

–¿Beryl? –preguntó, observando consternado las lágrimas que surcaban sus mejillas.

–Era mi madre de acogida –aclaró Rosie, mientras Alexius agarraba la bandeja e iba hacia la limusina que esperaba en la puerta–. Fui a vivir con ella a los doce años. Es el único sitio en el que fui feliz. Me trataba como a parte de la familia. Me quería de verdad...

–¿Sigues viéndola? –preguntó Alexius, para intentar distraerla. Bas sangraba por la nariz, no tenía buen aspecto.

–Murió cuando yo tenía veinte años –Rosie se limpió las lágrimas con irritación–. Estuvo enferma mucho tiempo, de cáncer de mama. Se lo diagnosticaron cuando cumplí los quince y lo trataron, pero reapareció al año siguiente y ya no pudieron hacer nada, era terminal. Uno de los hijos de Beryl le regaló a Bas unos meses antes de que muriera. A mí me pareció una locura darle una mascota estando tan enferma, pero Bas le dio ánimos. Alegró los últimos meses de su vida, así que me lo quedé cuando ella falleció.

Acarició el lomo del perro con un dedo.

–¿Cómo sabías que Jason me siguió anoche? ¿Y cómo has sabido que ha venido hoy?

–Ayer, cuando te fuiste, pedí a uno de mis guardas de seguridad que te vigilara con discreción, para garantizar tu seguridad. Y fue buena idea, teniendo en cuenta a ese Jason.

–¿Por qué hiciste eso? ¿Quieres decir que alguien me está siguiendo desde ayer? –preguntó Rosie con incredulidad.

–Así supe que Jason te siguió anoche y que había ido a verte hoy –señaló Alexius, severo.

–Jason estaba a punto de irse tranquilamente cuando dejaste entrar a Bas y se montó el caos. No necesito un guardaespaldas. ¿Qué soy? ¿Una princesa o algo así? No tengo nada que merezca la pena robar. ¿Adónde vamos?

–A una clínica veterinaria en la que Bas recibirá atención inmediata.

Rosie, que tenía la bandeja sobre el regazo, miró el

cuerpecillo inmóvil y le tembló el labio inferior cuando vio la sangre que tenía en la nariz.

—Lo quiero tanto que es casi ridículo. No está bien adiestrado y Jason lo pinchaba tanto cuando vivíamos con Mel que odia a los hombres.

—A mí también me mordió —ofreció Alexius.

—Por lo menos tú no le diste una patada.

Alexius miró a Bas y contuvo un suspiro, preguntándose si eso era cuanto tenía a su favor. Salvar a Bas para que pudiera seguir mordiéndole era una prioridad, dado cuánto lo quería la madre de su futuro hijo. Su propia madre había tenido varios perros a los que parecía querer mucho, sin duda más que a su hijo. Estudió a Rosie, delgada como un junco y sin un gramo de grasa. Se preguntó si era saludable que una mujer embarazada estuviera tan delgada e intentó imaginar su diminuto cuerpo hinchado por su hijo; lo sorprendió una oleada de calor que le provocó una inmediata erección. Le costaba creer que esa imagen pudiera excitarlo. Cualquier tonto podía dejar embarazada a una mujer, no tenía nada de especial, excepto que en su caso el proceso había conllevado un éxtasis inimaginable.

La limusina llegó a su destino. Alexius le quitó la bandeja a Rosie y entraron a la clínica. Una enfermera llegó a recoger al perro y un veterinario salió a saludarlos y a hacerles preguntas.

—Tendremos que hacerle radiografías y estabilizarlo antes de nada. Tiene conmoción cerebral y hay que colocar la pierna. Con un poco de suerte, no tendrá nada más grave que eso.

Mientras el veterinario hablaba, Bas empezó a tener convulsiones y agitar las tres patas sanas en el aire. Rosie gimió con alarma.

–Me temo que eso no es buena señal –dijo el veterinario, pidiéndoles que fueran a la sala de espera. Después, se llevó a Bas para examinarlo.

–Es una de las mejores clínicas veterinarias privadas del Reino Unido –le aseguró Alexius a Rosie–. Si es posible salvar a Bas, lo salvarán.

Rosie, con la mirada perdida, intentaba imaginarse una vida sin Bas y no podía. Treinta minutos después, la enfermera salió a decirles que Bas tendría que pasar la noche en observación porque tenía una fractura en el cráneo que tal vez requiriera cirugía.

–¿Cómo voy a pagar las facturas? –susurró Rosie con desconsuelo–. Este nivel de atención de urgencia debe de costar una fortuna.

–Yo me ocuparé de eso –dijo Alexius, poniéndose en pie y ofreciéndole la mano para que se levantara. Era ligera como una pluma y estaba tan preocupada por su mascota que no parecía consciente de la presencia de Alexius. Ser ignorado era una experiencia nueva que no le gustaba nada, sobre todo cuando la mujer que lo ignoraba llevaba vaqueros desgastados, zapatillas deportivas y una enorme camiseta con un logo llamativo. En cierto modo, le parecía una afrenta que ella no se molestara en cuidar su aspecto estando con él.

–Eso es muy generoso de tu parte, pero no me gusta sentirme obligada hacia nadie –admitió Rosie cuando salían de la clínica.

–Acepta conocer a tu abuelo y la deuda quedará saldada –contestó Alexius.

–Pero eso es chantaje –Rosie, desconcertada por la sugerencia, lo miró con incredulidad.

–Así soy yo, *moraki mou* –le devolvió Alexius sin

el menor remordimiento–. Estoy programado para aprovechar cualquier ventaja, y, si de paso le hago un favor a tu abuelo, mejor que mejor.

Rosie inspiró lentamente, conmocionada de que no lo avergonzara esa actitud implacable e inmoral. Por lo visto, su generosidad tenía un precio. No tendría que haberse sorprendido. Alexius Stavroulakis no era de los que dan algo a cambio de nada. Pero estaba segura de que la factura veterinaria ascendería a miles de libras, y de ninguna manera podría devolverle el dinero. «Ni prestes, ni pidas prestado», solía advertirle Beryl. Rosie siempre había respetado esa máxima, porque ganando lo que ganaba era esencial no superar su presupuesto si no quería meterse en problemas. Se preguntó hasta qué punto sería un sacrificio acceder a ir a Grecia. En el fondo, ya empezaba a plantearse hacerlo por pura curiosidad: quería conocer al padre de su padre y descubrir más cosas sobre su familia griega.

–Mi último examen es el quince –concedió Rosie–. Estaré libre para ir de visita a Grecia después de esa fecha.

–Ya ves, es fácil tratar conmigo –murmuró Alexius. Era un alivio tener algo positivo que decirle a su padrino, aún convaleciente. La noticia de que Rosie estaba embarazada no sería tan grata para un hombre tradicional de la generación de Socrates, pero eso no tenía remedio.

–No, no lo es. Eres taimado y calculador, y estás utilizando mi afecto por Bas como arma –lo censuró Rosie con sequedad–. No esperes que te aprecie por eso.

–He salvado la vida del perro trayéndolo aquí –contraatacó Alexius–. Tengo otra petición...

–Tú dirás –Rosie subió a la limusina y, ya más

tranquila, admiró el lujoso interior de cuero. Se preguntó si ese era su modo de transporte habitual. Sin duda, había un abismo entre ellos.

–Me gustaría que vieras a Dmitri Vakros para que confirme el embarazo oficialmente. También quiero asegurarme de que estás bien de salud.

–Ya he visto a un médico y he sido examinada –protestó Rosie con cansancio.

–¿Es necesario que discutas todo lo que sugiero? –Alexius la miró con exasperación y captó la desconfianza y tozudez de su rostro. Era diminuta, pero fiera como un león–. Estoy pensando en tu bienestar.

Rosie desvió la mirada que, accidentalmente, fue a dar con su poderoso muslo y la tela que se tensaba sobre el obvio bulto en su entrepierna. Ruborizada, alzó la cabeza. Imágenes de ese cuerpo bronceado enredado eróticamente con el suyo en la cama inundaron su cabeza. Se quedó sin aire, pero no de vergüenza, sino de excitación.

–Mi bienestar no es asunto tuyo.

–Si es mi bebé, es mi asunto –le contradijo Alexius con voz dura.

Rosie se mordió el labio inferior para no decir una barbaridad. Sabía que a él no lo interesaba el bebé, así que solo estaba actuando llevado por su sentido de la obligación. Pero, aunque no quisiera un marido reacio, sí podría querer un padre para su hijo, e incluirlo en el proceso era inevitable.

–Rosie... –gruñó Alexius–. ¿Accederás a ver a Dmitri?

–Si te empeñas –suspiró Rosie.

–¿No entiendes que ahora debo hacerme responsable de ti?

–Hace años que no necesito que nadie sea responsable de mí –Rosie alzó la barbilla y sus ojos verdes
destellaron–. Soy una adulta. Puedo cuidarme sola.

–Tendrás que acostumbrarte a que a partir de ahora
lo haga yo –declaró Alexius con frialdad.

–Me temo que no. Soy muy independiente. Si quisiera tu apoyo, habría accedido a casarme contigo
–dijo ella, casi rechinando los dientes.

–Aún podrías cambiar de opinión.

–Lo dudo. No eres el tipo de hombre con quien me
quiera casar –afirmó ella, irónica.

Alexius, con ojos chispeantes de ira, inspiró profundamente, preguntándose por qué no lo alegraba
más que lo dejara en libertad. Nunca había querido casarse ni tener hijos. Sin embargo, volvió a mirar la pequeña figura de pelo claro y perfil delicado y el deseo
volvió a incendiarlo. Se había convertido en parte de
su vida, no por su elección, y lo enardecía seguir deseándola. Se dijo que su problema era que necesitaba
a una mujer en su cama, era la única explicación.

–¿Con qué clase de hombre quieres casarte? –preguntó con voz seca.

–Con alguien bueno, honesto y directo.

Consciente de que no lo veía a la altura en ninguna
de esa categorías, Alexius apretó los labios e intentó
excusarse mentalmente. Socrates lo había puesto en
situación de no ser honesto ni directo cuando se encontraron. Había intentado ser amable respecto al perro,
pero luego había utilizado el coste del tratamiento como
arma para conseguir lo que quería. Cierto, no era perfecto. Pero ninguna mujer lo había criticado antes y
ella ya lo había hecho más de una vez. ¡Y le había pedido que se casara con él! Tenía que haber sido un

momento de locura, provocado por pensar en largas y tórridas noches en su cama, en vez de en su constante letanía de quejas y críticas.

Rosie observó a Alexius con las pestañas entrecerradas. Por la tensión de su mandíbula, era obvio que no estaba de buen humor. Pero tendría que agradecerle que hubiera rechazado su propuesta. Algún día conocería a alguna mujer con la que quisiera casarse. Para su sorpresa, se tensó ante esa idea, se sentía posesiva respecto al padre de su hijo, lo que no tenía ningún sentido. La noche anterior había escrito su nombre en un buscador de Internet y había descubierto un montón de imágenes que probaban que Alexius Kolovos Stavroulakis era un mujeriego desde hacía años. Se había acostado con modelos y estrellas desde que era un adolescente, y ninguna duraba mucho. Por lo visto, ni había mantenido una relación larga ni había vivido con una mujer. Era enormemente rico y famoso por sus éxitos en el mundo de los negocios. Ella nunca podría ser feliz con un hombre como él. Además de la diferencia de dinero, estatus y educación, no encajaban en ningún sentido.

–Estaremos en contacto –murmuró Alexius cuando la limusina se detuvo y ella bajó–. ¡Buena suerte con los exámenes!

Rosie, sorprendida, se dio la vuelta y le sonrió, lo que iluminó sus ojos y su rostro de forma exquisita. Alexius se negó a dejarse impresionar.

–Gracias –dijo ella.

Martha estaba esperando para saber cómo estaba Bas, y Rosie la puso al día.

Se hizo la cena sin poder dejar de bostezar. Su médico le había dicho que el embarazo haría que se sintiera más cansada de lo habitual. Resuelta a levantarse temprano para estudiar, se acostó e, involuntariamente, recordó la noche pasada con Alexius, sintiendo un intenso calor en la pelvis. Pensó, con desagrado, que él le había enseñado a desear el sexo. Con el tiempo olvidaría ese anhelo y también a él. Pero no podía negar que, en ese momento, estaba algo obsesionada con él.

Capítulo 6

ES UN grumo –aseveró Alexius, mirando la máquina de ultrasonidos sin ver ni sentir lo que fuera que había hecho que los grandes ojos verdes de Rosie se llenaran de lágrimas.

–Es un bebé –lo contradijo su amigo Dmitri, mientras la enfermera limpiaba el gel del vientre aún plano de Rosie–. Tu hijo o hija.

–Alex no tiene mucha imaginación –comentó Rosie, bajando de la camilla con alivio. No había querido que Alexius estuviera presente en la ecografía y solo había accedido pensando que, para que él viera al bebé como suyo, tenía que involucrarlo en el embarazo en la medida de lo posible. «¡Es un grumo!», hasta ahí llegaba él.

–Bueno, aún no hay mucho que ver –se defendió Alexius, deseando no haber pedido asistir a la prueba. Se sentía perdido cuando la gente se ponía emocional. No era su estilo.

Volvieron al despacho de Dmitri, donde él señaló que «el grumo» parecía grande para una mujer de las proporciones de Rosie, y que tal vez habría que recurrir a una cesárea. De inmediato, Alexius se sintió mareado y culpable, al pensar que el grumo podría suponer una amenaza para la supervivencia de Rosie. En su cerebro se desató una tormenta de dramáticas escenas en el lecho de muerte, que demostraban que tenía mucha más imaginación de la que Rosie sospechaba. Observó a Rosie, que charlaba animadamente con el tocólogo que él había conocido en la universidad, cuando ambos estudiaban. Un delicado rubor teñía su rostro y el entusiasmo daba brillo a sus ojos y elevaba el tono de su voz. Comprendió, atónito, que ella sí quería al «grumo» de verdad. Aunque el embarazo hubiera estropeado sus planes, estaba dispuesta a hacerle al bebé un hueco en su vida. Dado que sus padres nunca habían hecho eso por él, lo impresionaron su falta de egoísmo y su voluntad de adaptarse a las nuevas circunstancias.

—¿No has sentido nada al oír el latido de su corazón —lo presionó Rosie, mientras iban hacia la limusina—. ¡Eso me pareció muy emocionante!

Alexius miró a Rosie de reojo. Lo más emocionante de su día había sido verla salir de su casa con una minifalda negra, elástica, y un top ajustado que delineaban su delicado cuerpo a la perfección. Seguía disfrutando de sus bien formadas piernas, largas en proporción al resto de su cuerpo; la dulce curva de su trasero cuando se agachó delante de él para ajustarse el zapato le pareció indecente. Solo tenía que pensar en hundirse en su interior cálido, húmedo y aterciopelado, para ponerse duro como una roca y anhelar disfrutar lo que solo había disfrutado una vez. Ese no era su estilo. De hecho, empezaba a sentirse intranquilo respecto a Rosie. Tenía que buscar nuevos horizontes. Rosie era algo pasado, y aunque fuera a formar parte de su futuro cuando tuviera al «grumo», debería estar encantado de que no quisiera obligarlo a ser pareja, hacer de padre y prometerle fidelidad: seguía siendo libre como un pájaro, pero no lo excitaba la idea de buscar una nueva amante. Se dijo que debía tener en cuenta que tenía treinta y un años y era sexualmente activo desde los dieciséis, edad a la que fue seducido por una amiga de su madre. En lo referente a mujeres, tenía más libertad, experiencia y opciones que la mayoría de los hombres, y cabía la posibilidad de que estuviera algo hastiado del tema.

Rosie se sentía muy decepcionada por la fría respuesta de Alexius ante la imagen de sonograma de su futuro retoño. Se preguntó por qué se había molestado en ir. Había notado que, cuando Dmitri Vakros mencionó la posibilidad de cesárea, Alexius se había puesto gris, sin esconder su horror. Era un bruto. Ella ya sentía un vínculo emocional con la criatura que llevaba dentro, pero era posible que esperara demasiado de un tipo que solo hacía una semana que sabía que iba a ser padre. Se preguntó si lo veía como un nubarrón negro o como algo nuevo y distinto.

—Voy a llevarte a que te tomen medidas para que te hagan un vestuario nuevo —dijo Alexius.

—¿Qué? —Rosie lo miró con incredulidad.

—Necesitarás vestirte bien en Grecia y no tienes la ropa adecuada. No quiero que te sientas incómoda en casa de tu abuelo —admitió Alexius.

—¡Esas cosas no me importan! —se indignó ella.

—Crees que no, pero te importarán —predijo Alexius, comprendiendo que iba a ser tan cabezota con la ropa como con todo lo demás. Todo era una batalla con Rosie: odiaba que la dirigiera, pero él siempre había tenido una personalidad dominante y no iba a cambiar.

—¿Y eso por qué? ¿Es mi abuelo tan rico como tú? —exigió ella de repente.

–No, pero es multimillonario –reveló Alexius por primera vez–. Él y su familia viven muy bien.

–¿Multimillonario? –gimió Rosie con pánico–. ¿De verdad?

–De verdad –confirmó Alexius.

Rosie calló, irritada por no haberlo sospechado. Al fin y al cabo, un hombre tan rico como Alexius no iba a tener un padrino de clase media. De repente, se sintió intimidada por lo que podía esperarla en Grecia.

–No quiero que parezcas ni te sientas la pariente pobre cuando conozcas a la familia de tu padre –explicó Alexius.

–¿Aunque sea la verdad? –replicó ella–. ¿Por qué iba a importarme mi aspecto? Es superficial.

–Estoy de acuerdo, pero el mundo es así –la aplacó él–. Las apariencias importan.

–No quiero que gastes dinero en mí y no puedo permitirme un vestuario nuevo.

–El coste no es nada para mí.

–¿Pero sí lo era en el caso del veterinario de Bas? –replicó ella con rabia, aunque había sido un gran alivio lo bien que se había recuperado el perrito. Deseó que Alexius no fuera tan guapo: por más que lo intentaba, no podía dejar de mirarlo. Todo su cuerpo cosquilleaba cuando recordaba la sensualidad de su boca en la de ella.

–Habría pagado la factura del veterinario hicieras lo que hicieras –respondió Alexius con calma, aunque su libido estaba reaccionando a la energía sexual de la atmósfera hasta el punto de que tuvo que contenerse para no aplastarla contra el asiento y hacerla suya de cualquier manera.

–¡Pero yo no lo sabía! –gritó Rosie con una de esas

explosiones de temperamento que tanto lo sorprendían–. ¿Cómo iba a saberlo?

–No soy un monstruo. Llevas a mi bebé...

–¿Te refieres al «grumo»? –escupió ella, ácida.

–Parecía un grumo –sus pómulos se tiñeron de color y apretó los labios–. ¿Se supone que tengo que mentir a la mujer que dice que valora la honestidad por encima de todo?

–No, no quiero que sientas que tienes que mentir o simular por mí –los ojos de Rosie se llenaron de lágrimas–. No quiero que te sientas a sí nun...nunca! –tartamudeó.

–¡Estás llorando! –clamó Alexius, horrorizado.

–No, estoy bien –exclamó Rosie, agarrando su mano y acariciándola a modo de disculpa–. ¿Recuerdas lo que ha dicho Dmitri? Mis hormonas están revolucionadas. Las lágrimas aparecen sin razón...

–Eso no tiene sentido –aseveró Alexius, lógico como siempre. Tiró de su mano y la sentó sobre su regazo. Rodear su cuerpo con los brazos le pareció una maravilla–. Siento haber llamado «grumo» al bebé y haber herido tus sentimientos.

–¿Te encuentras bien? –Rosie giró la cabeza y lo miró con los ojos abiertos de par en par.

Él alzó su barbilla y reclamó la deliciosa humedad de su boca con un beso apasionado. Rosie se estremeció de placer. Alexius la giró hacia él, poniendo sus nalgas en contacto con su erección. Los ojos de ella se abrieron aún más cuando deslizó la mano bajo su falda y entre sus muslos para tocar el punto más ardiente de su cuerpo.

–¡Alex! –gimió.

Él levantó la falda y luchó con sus bragas para ac-

ceder a la cálida y acogedora humedad de sus fantasías. Gruñó con satisfacción contra su boca al comprobar que estaba tan dispuesta como él. Su pulgar
trazó círculos sobre su clítoris provocando una reacción en cadena que ella no pudo controlar. Se retorció
y gimió sin hacer el menor intento de escapar, embria-
gada por las sensaciones que él provocaba en su cuerpo
sobreexcitado. Apretó los labios contra su fuerte cuello,
besándolo, inhalando su delicioso olor masculino como
una droga. Él introdujo un dedo en su interior y ella
apretó las nalgas contra su erección dominada por un
anhelo incontrolable, una tormenta de todos sus sentidos. Estalló de dentro afuera con la intensidad del
placer, estremeciéndose con espasmos de éxtasis,
hasta que dejó caer la cabeza en su hombro.

–¿Te sientes mejor, *latria mou*? –preguntó Alexius
con voz ronca, deseando mucho más pero satisfecho con
haber derrumbado la barrera platónica que ella había
erigido entre los dos.

–Como si hubiera muerto e ido al cielo –murmuró
ella con sinceridad. Abrió los ojos y captó la ajetreada
calle por la que circulaba la limusina–. No me puedo
creer que hayas hecho lo que acabas de hacer.

Alexius soltó el aire lentamente por encima de su
cabeza y la rodeó con ambos brazos, sellando la intimidad que ella había querido negar. Había sentido la
tentación de hundirse en ella y llegar hasta el final,
pero a él también le costaba creer lo que acababa de
hacer en el asiento trasero de la limusina. Él no hacía
ese tipo de cosas, era un hombre convencional. Pero
algo en ella lo volvía espontáneo, aunque no fuera excusa para comportarse como un adolescente con las
hormonas revolucionadas. Ella alzó la cabeza y le ofre-

ció una sonrisa culpable pero luminosa. Se sintió como un gigante y el doloroso pulsar de su cuerpo insatisfecho disminuyó.

–Oh, cielos –murmuró Rosie, levantando los brazos para liberarse y bajándose de encima–. Lo siento, soy una egoísta... No he hecho nada por ti.

–No es problema –farfulló Alexius.

Pero Rosie veía por la tensión de sus pantalones que sí lo era, y bien grande. Pero para ella fue maravilloso comprender que su cuerpo, que nunca había considerado deseable, podía provocar esa reacción.

–Podría..., ya sabes. Nunca lo he hecho antes, pero si me explicaras cómo...

Alexius soltó una carcajada y respondió a su oferta con una sonrisa resplandeciente.

–No en el asiento trasero de un coche a plena luz del día. En otro momento. Sobreviviré. Tocarte de nuevo ha merecido la pena –dijo.

Rosie se puso roja como la grana y, de repente, se sintió tímida e insegura de sí misma.

–Ven a casa conmigo después de que solucionemos lo del vestuario –suplicó Alexius.

–¿No sería mejor que dejáramos pasar lo que acaba de ocurrir como un desliz? –dijo Rosie, sumida en un torbellino de confusión, indecisión y miedo. La sonrisa de Alexius se desvaneció.

–¿Un error y un desliz? –dijo, con ojos heridos–. ¿Es eso cuanto hay entre nosotros?

–Tú eres el mejor juez de eso –musitó Rosie, consciente de que ya estaba tan inmersa en él que le habría dado igual estar enterrada viva. La atracción sexual entre ellos era innegable, pero ¿vería él algo más allá de eso y el bebé?

Por su parte, cada vez sentía más por Alexius Stavroulakis. No podía mirarlo sin desearlo. No podía mirarlo sin pensar que era bellísimo. Nunca dejaba sus
pensamientos. Había insistido en acompañarla a recoger a Bas cuando le dieron el alta y había llegado con
una bonita cesta para el perro. Además, telefoneaba a
diario para comprobar que estaba bien, aunque nunca
decía mucho más y era ella la que llenaba los silencios
con parloteo inconsecuente. Estaba enamorándose de
Alexius y no sabía cómo frenar el proceso, a pesar
de captar que a la larga supondría problemas.

Una elegante estilista tomó las medidas de Rosie y
le hizo preguntas sobre sus preferencias. Rosie no se
opuso, aunque la avergonzaba su cambio de opinión.
Pero, tras lo ocurrido en la limusina con Alexius, no
quería volver a discutir con él. Era consciente de que
apenas le había dado información sobre su abuelo y el
resto de la familia, a pesar de que era obvio que los
conocía bien. Si Alexius recomendaba un cambio de
vestuario, probablemente fuera por una buena razón.
La agobiaba la sospecha de que tal vez su abuelo se
avergonzaría de una nieta mal vestida que, obviamente, procedía de un entorno mucho más pobre. No
sabía si podría llegar a querer a gente dispuesta a juz-
garla por su apariencia.

La limusina se detuvo ante el edificio en el que vivía y Alexius enarcó una ceja negra, con una pregunta
silenciosa. Ella sabía muy bien lo que preguntaba y
deseó no saberlo; deseó también que su traicionero
cuerpo no ardiera ante la perspectiva de irse a la cama
con él. Solo sería sexo, sin duda sexo fantástico, pero
complicaría las cosas. Sabía que no tendría que haberse acostado con Alexius antes de conocerlo mejor,

pero eso ya estaba hecho, y, si volvían a hacerlo, quería que fuera su cerebro, no su cuerpo, quien tomara la decisión.

Un último examen y después iría a Grecia. Su mente estaría más despejada y sus instintos menos dispuestos a buscar apoyo en Alexius. Hacerlo no era buena idea, porque tal vez él no se quedara a su lado, solo el tiempo lo diría.

Cabía la posibilidad de que él fuera a llamar a otra mujer para que satisficiera el deseo que ella había despertado. El miedo a que fuera así, mantuvo a Rosie en vela media noche. Al final, aceptó que no podía tenerlo todo, por mucho que quisiera. O se acostaba con Alexius o aceptaba que él acabaría acostándose con otra.

Capítulo 7

ROSIE, ya con el cinturón de seguridad abrochado, esperaba el despegue. El asiento era muy cómodo, pero ella no lo estaba. La opulencia del jet privado la agobiaba. Bas estaba en su cesta, en el asiento contiguo, con su pata delantera escayolada. Para desconsuelo de Rosie, Bas estaba más nervioso y callado desde el asalto, pero prefería pensar en eso que en la familia que conocería en Atenas. Se sentía extraña luciendo un elegante vestido verde, ajustado al pecho, cintura y caderas, que le confería una silueta que no había creído tener. Cada prenda había sido alterada profesionalmente para adecuarse a su altura, y no quería ni pensar cuánto podría haber costado todo. Acostumbrada a comprar en la sección infantil para encontrar cosas de su talla, a Rosie la había desconcertado recibir en su habitación tres maletas de ropa cara de última moda. Se preguntaba si tendría que cambiarse de conjunto varias veces al día, como un miembro de la familia real.

Sus exámenes habían acabado, pero la noche anterior no había podido salir a celebrarlo con sus compañeros de clase. No solo no podía beber alcohol, tampoco había querido presentarse ante Alexius con ojeras y la palidez típica de alguien que había estado por ahí hasta las tantas. No sabía cuándo había empezado a preocuparse tanto por su aspecto. Que eso la hubiera llevado a ponerse unos zapatos de tacón alto que embellecían sus piernas pero que le resultaban incómodos, enfurecía a Rosie. Parecía que todo lo importante para ella, desde su independencia a su libertad, le había sido arrebatado. Pensó en el bebé y le pidió perdón mentalmente por su malhumor.

Entretanto, gloriosamente ignorante de las dudas e inseguridades que asolaban a su pasajera, asumiendo, de hecho, que estaba deseando conocer a sus adinerados parientes, Alexius trabajaba en su portátil al otro lado del compartimento. Verla subir al avión, con el pelo rubio flotando sobre los hombros, destellando al sol, y la barbilla alta, había sido más que suficiente. Cuando la veía, la deseaba como un muerto de hambre desea un banquete: era así de sencillo. Y a Alexius no le gustaba nada esa sensación. Quería liberarse de ese virus de deseo que irritaba a su orgullo y amenazaba su autocontrol. Se preguntaba si un mayor acceso a ese adorable cuerpecito lo curaría de esa excitación continua y devolvería a su cerebro a la frialdad normal. Sin duda se aburriría de ella, siempre se aburría de sus amantes.

–¿Dónde me alojaré esta noche? –preguntó Rosie de repente.

–En casa de tu abuelo –Alexius alzó una ceja al ver su consternación ante la respuesta–. ¿Cuál es el problema?

–Suponía que estaría en un hotel. Es decir, no conozco a esta gente y no va a ser ninguna ayuda llegar embarazada y soltera, ¿no? –dijo Rosie con aprensión–. Podría ser muy incómodo para mí.

–Es una preocupación comprensible –Alexius casi

ronroneó, encantado de la oportunidad que le ofrecía su aparente inquietud–. Tendría que haberlo pensado. Querrás conocer a Socrates a un ritmo más pausado que el que tendrías como invitada en su casa.

–Sí –Rosie lo miró con alivio–. Me alegra que lo entiendas.

–No soy tan insensible como quieres creer –repuso Alexius. La adrenalina surcó sus venas mientras planeaba su estrategia. Encantado consigo mismo, se levantó e incluso se agachó para pasar un dedo por el lomo de Bas. El perro ladeó la cabeza y le enseñó los dientes con un gruñido de advertencia.

–No, Bas –lo regañó Rosie.

Alexius, conteniendo una sonrisa, llamó a la azafata para pedir bebidas. ¡Por fin tenía la excusa perfecta para llevarla a casa con él!

Dos horas más tarde, en la limusina que los llevaba a la zona residencial donde vivía Socrates Seferis, Rosie estaba tensa como un muelle.

–¿Quién más vive con mi abuelo?

–Ahora solo tu tía Sofia.

–¿Vamos a decir que estoy embarazada? O sea... ¿cómo vamos a anunciarlo? –preguntó Rosie, incómoda. No conocía a esa gente, pero sabía que iba a empezar ya jugando con desventaja.

–No somos adolescentes, Rosie.

Considerando cómo nos portamos, podríamos haberlo sido.

–Yo me ocuparé. No hace falta que digas nada.

–Tal vez deberíamos callar por el momento, todavía no se me nota.

–En este tema, prefiero ser sincero desde el primer momento –aseveró él.

Ella controló la tentación de decirle que ojalá lo hubiera sido desde el principio. La limusina ascendió por la entrada de una impresionante casa moderna rodeada de cuidados jardines. Rosie bajó y tuvo que apoyarse en Alexius para no caerse.

—Apenas puedes andar con esos tacones —la censuró Alexius.

—Pero son elegantes —replicó ella—. Y, según tú, eso es lo único que importa.

—A mí me daría igual si fueras descalza.

Teniendo en cuenta que no le había hecho ascos a su uniforme de trabajo, Rosie calló. Un sirviente los condujo a un airoso vestíbulo y un hombre mayor, fuerte y de pelo cano, salió de una habitación a recibirlos.

—¿Rosie? —dijo, observándola con ojos alegres y una amplia sonrisa de bienvenida.

—¿Abuelo? —esbozó una sonrisa tímida, la calidez del anciano había relajado su tensión.

—Y Alexius —dijo el anciano con obvio afecto que pareció hacer que el rostro de su acompañante se tensara. Por primera vez, Rosie pensó que el encuentro, por la razón que fuera, incomodaba a Alexius—. Sonríe —lo urgió Socrates—. Es un día de celebración. Me has traído a mi nieta.

Entraron en una soleada habitación y una mujer rubia, de cuarenta y pico años, se acercó y se presentó como Sofia, pero la sonrisa de sus labios no se reflejó en sus ojos. Socrates empezó a interrogar a Rosie sobre sus aficiones e intereses; a ella la emocionó porque no estaba acostumbrada a ser el centro de atención. Sin embargo, el anciano no dominaba el inglés como su ahijado, y Alexius tuvo que intervenir varias veces como intérprete para clarificar las respuestas de Rosie. Cuando le habló de sus estudios, él sonrió con aprobación, ella habría mencionado sus planes de ir a la universidad, pero sabía que con un bebé en camino podía ser un reto imposible. Cuanto más hablaba Socrates con Rosie, más rígida y silenciosa estaba Sofia.

–Tú y yo tenemos que conocernos mejor. Tengo fotos familiares que enseñarte –dijo por fin Sofia. Agarró su brazo, la llevó a un sofá y puso un álbum de fotos sobre su regazo.

–No puedo evitar sentir curiosidad por la familia –admitió Rosie, hojeando el álbum mientras Sofia ponía nombre a innumerables rostros. Reconoció a su padre de adolescente, en la playa, guapo, sonriente y rodeado de chicas. Se parecía a la única foto que su madre tenía para justificar su aventura con Troy Seferis. Cuando su tía le indicó a su hermano, Timon, Rosie preguntó si también lo conocería.

–No lo sé –Sofia frunció el ceño–. Timon está en rehabilitación otra vez. Mi hermano es drogadicto desde los diecisiete años y mi padre sigue intentando enderezarlo, sin éxito.

Rosie absorbió la triste noticia en silencio, deseando que Alexius la hubiera advertido.

–¿Puedes decirme algo de mi padre, Troy? –preguntó, para cambiar de tema.

–Solo que, a excepción de mi padre, los hombres de esta familia son y fueron unos inútiles –dijo Sofia con acidez–. Timon tiene dos hijos, pero mientras trabajaban en uno de los hoteles de mi padre, e idearon un plan para robarle dinero.

–Cielos... –comentó Rosie, desconcertada por la felonía de sus primos. En ese momento, su abuelo se levantó de un salto y le gritó algo a Alexius en griego–. ¿Qué ocurre?

Alexius tenía el cuerpo rígido y el rostro duro e inexpresivo. Su padrino le estaba soltando un rapapolvo y Alexius apenas hablaba.

–*Thee mou*, aunque parezcas inocente y modosa, es obvio que eres una intrigante muy lista –Sofia, lanzó a Rosie una mirada satisfecha.

–¿Qué te hace pensar eso? –preguntó Rosie, comprendiendo que su tía entendía el motivo de la discusión y adivinando cuál era.

–Quedarse embarazada de un billonario es un buen golpe, y dudo que haya sido un accidente por tu parte. ¡Sobre todo cuando tu madre le hizo lo mismo a mi hermano menor! –se burló Sofia con una risita de desdén–. Mira que pensar que venías aquí a encandilar e impresionar a mi padre... En vez de eso, está airado y hecho una furia.

–¿Qué le está diciendo tu padre a Alexius? –preguntó Rosie, dejando pasar los ácidos e hirientes comentarios de su tía.

–Es mejor que un culebrón –dijo la mujer–. Según mi anticuado padre, tu reputación ha quedado arruinada para siempre.

«Eso ya lo veremos», pensó Rosie exasperada. Se levantó y se acercó a los dos hombres. Alexius no gritaba, pero era obvio por su postura y el brillo tormentoso de sus ojos que estaba furioso y que solo el respeto hacia su padrino le permitía soportar su diatriba en silencio.

–No te metas en esto –dijo Alexius al darse cuenta de que Rosie estaba a su lado.

–No, no es justo, ¡y no estamos en la Edad Media! –protestó Rosie, centrando la atención en el rojo rostro de su abuelo y dirigiéndose a él–. Por favor, cálmate. No habría venido si hubiera sabido que causaría tantos problemas entre Alexius y tú. No puede ser bueno para tu corazón estresarte así. Y no le digas nada más a Alexius. Me pidió que me casara con él.

–¿Lo hiciste? –Socrates se volvió hacia su ahijado atónito y mucho menos enfadado.

–Y le dije que no –añadió Rosie antes de que su abuelo se emocionara por algo que no iba a suceder.

–¿No? –le gritó su abuelo–. ¿Estás loca? ¿Llevas dentro a su hijo y le dijiste que no?

–Creo que sería mejor irnos ahora –sugirió Rosie, poniendo una mano temblorosa en el brazo de Alexius–. Puedo volver de visita cuando los ánimos se tranquilicen, si sigo siendo bienvenida, claro.

–Por supuesto que lo serás –afirmó Alexius con calma, como si no hubiera ocurrido nada–. Seré yo quien no lo sea.

–Si no vas a casarte, no deberías ir con él a ningún sitio –dijo Socrates con voz cortante.

Rosie miró de la cara airada de su abuelo a la expresión triunfal de su tía y decidió que había tenido familia de sobra por un día.

–Yo tomo mis propias decisiones y confío en Alexius –replicó con voz queda.

–¿Por qué no te has defendido? –le exigió Rosie a Alexius ya en el coche–. Fue él quien te pidió que fueras a conocerme.

–Tengo mucho respeto a Socrates, *moli mou*. No dijo nada que no me mereciera. Tengo reputación de mujeriego y debería, por una vez, haber contenido mis instintos.

En realidad, a Alexius le había divertido y emocionado que Rosie apareciera como una luchadora en miniatura para intentar defenderlo ante su abuelo. No sabía que Socrates era el único hombre vivo al que Alexius habría permitido hablarle así.

–Tal vez yo tendría que haber evitado ponerte una mano encima –farfulló Rosie, irritada porque quisiera asumir toda la culpa, como si ella fuera una cosita indefensa y sin cerebro.

–No, yo te deseaba y estoy demasiado acostumbrado a tomar lo que quiero sin tener en cuenta el coste –repuso Alexius.

–Tendrías que haberme escuchado cuando dije que no mencionáramos el embarazo aún –Rosie dejó escapar un suspiro.

–Le debía a mi padrino la verdad.

–Mi tía es un veneno, disfrutó de lo grande con la escena. ¿Por qué no me advertiste que era así?

–No quería influenciar tu opinión antes de que los conocieras. No son mi familia. En general, Socrates es un hombre liberal y de buen corazón, pero tiene tu mal genio. Lamentará mucho el modo en que te has ido. Subestimé su reacción. Sus valores son los de otra generación y tendría que haberlo previsto.

Alexius la llevó de vuelta al aeropuerto y fue un shock para ellos verse rodeados de gente agitando cámaras y gritando preguntas. Ella se acurrucó contra el costado de Alexius, cegada por los flashes, mientras el equipo de seguridad se esforzaba por mantener a los periodistas alejados.

–¿Quién es la chica? –gritaban varias voces–. ¿Qué ha sido de Adrianna Lesley?

Rosie comprendió que eran paparazis. Alexius la guio en silencio por el edificio, donde todos los miraban por curiosidad. Cuando el equipo de seguridad del aeropuerto se añadió al de Alexius para controlar a las masas de periodistas, Rosie se dio cuenta de que Alexius era bien conocido y que, irónicamente, era verla a su lado lo que había originado el alboroto. Intentaba no preguntarse quién era Adrianna. Tal vez una novia, no sabía nada de la vida privada de Alexius.

–Siento lo ocurrido –dijo Alexius después de hacerla subir a un helicóptero y esperar a que les llevaran a Bas en su jaula de viaje.

–¿Te ocurre esto a menudo? –susurró Rosie, aún temblorosa y en estado de shock.

–Demasiado a menudo.

–¿Por qué sentían tanta curiosidad por mí?

–Llegaste en mi jet privado y rara vez me ven viajar con una mujer. Supongo que alguien del aeropuerto daría el chivatazo –hablaba con voz seca e indiferente, como si esos incidentes fueran tan habituales que no les daba importancia. Pero lo cierto era que por primera vez en su vida Alexius se había encolerizado por la intromisión de la prensa. Rosie se había asustado y estaba embarazada, no debería haber ocurrido. Había deseado levantarla en brazos para protegerla, pero eso habría enardecido aún más a los paparazis.

–¿Adónde vamos ahora? –preguntó ella tras dejar escapar un largo bostezo.

–A un sitio privado –contestó Alexius.

Rosie estaba tan cansada y abrumada por los eventos del día que le habría dado igual que dijera que iban a la Luna. Alexius había vuelto su vida del revés, eso estaba claro. Flexionó los dedos dentro de los zapatos de diseño, pasó la mano por el caro vestido y recostó la cabeza. Pensó, irónica, que era como ser princesa por un día; pero bajo la elegante ropa seguía siendo Rosie Gray, no el tipo de mujer que se relacionaba con billonarios. Mientras pensaba en eso, se durmió.

Alexius casi se rio al ver que Rosie estaba muerta para el mundo: ninguna mujer se había dormido antes en su compañía. Él nunca pasaba la noche con una mujer, y cuando estaba despierto sus amantes estaban demasiado empeñadas en entretenerlo e impresionarlo como para relajarse. Tenía que reconocer que Rosie no entraba en la categoría de amantes habituales: no era una admiradora dispuesta a hacer cualquier cosa por agradar. No podía negar que le gustaba que lo tratara como a un igual y no se rindiera a sus pies.

Rosie no se despertó hasta que aterrizaron. Estaba oscuro, pero la luna iluminaba una gigantesca casa blanca. Parpadeó, adormilada, porque el edificio parecía un decorado de cine.

—¿Se puede saber dónde estamos? —preguntó.

—En Banos, la isla en la que viví los primeros años de mi vida —aclaró Alexius. Las luces exteriores se encendieron y Rosie vio a un hombre uniformado llevando su equipaje hacia la casa.

—Una isla y una casa como un palacio —musitó ella. Se preguntaba si habría roncado mientras dormía. Una amiga la había acusado de roncar una noche que durmió en su casa. La idea la horrorizó.

—¿Puedo dejarlo salir? —preguntó Alexius, porque Bas gemía y arañaba la puerta de la jaula.

Rosie abrió la puerta. Bas salió como un borrachín,

intentando equilibrarse en las tres patas buenas para contrarrestar el peso de la escayola.

–*Thee mou*, daría lástima a una piedra –gruñó Alexius–. ¿Cuánto tiempo tiene que llevar la escayola?

–Un mes más –Rosie intentaba no mirar boquiabierta la magnífica casa blanca con su larga galería porticada–. En cualquier momento podría aparecer Scarlett O'Hara en las escaleras –admitió.

–Es una réplica de una plantación sureña de los años treinta, que se construyó para una de mis abuelas –explicó Alexius.

Rosie, anonadada, pensó que nada podría haber ilustrado mejor sus privilegiados antecedentes que el vestíbulo de mármol con una enorme araña de cristal, escalera ancha, estatuas de bronce y más mobiliario dorado que el que Rosie había visto en su vida. No podía imaginarse a nadie viviendo en un entorno tan grandioso, y tuvo que tragar saliva cuando un grupo de sirvientes salió por una puerta a darles la bienvenida.

–Rosie, esta es Olympia, mi ama de llaves –dijo Alexius–. Olympia te acompañará arriba.

La fornida mujer la acompañó escalera arriba y a través de unas puertas dobles que daban al dormitorio más grande que Rosie había visto en su vida. La cama con dosel tenía colgaduras de seda pintada a mano y las alfombras eran tan elegantes y discretas que Rosie las rodeó en vez de cruzarlas para ir a ver el vestidor y el cuarto de baño. No se sentía merecedora de tanto lujo. Se preguntó qué había pensado él al ver su humilde dormitorio. Pero lo cierto era que no por eso se había echado atrás y eso era muy satisfactorio. Las maletas llegaron seguidas por una criada que empezó a deshacerlas y a colgar la ropa. Rosie, poco acostumbrada a que la sirvieran, agarró su bolsa de aseo y fue a refugiarse al cuarto de baño. Una ducha templada la revivió un poco y se puso el albornoz para volver al dormitorio. Por suerte, la sirvienta había acabado y Rosie por fin tuvo tiempo y oportunidad de examinar la ropa que había recibido el día anterior y empaquetado a toda prisa. Sacó un camisón azul pálido de un cajón y se lo puso, notando que se arremolinaba a sus pies. Llamaron a la puerta y otra sirvienta apareció con una bandeja.

Rosie, que no había notado lo hambrienta que estaba hasta captar el delicioso aroma, se lanzó sobre la comida con ansia. Después, se miró en el espejo de costado y comprobó que aún no había la menor indicación de que estuviera embarazada, aparte de la hinchazón de sus hasta entonces imperceptibles senos, un hecho que la fascinaba. Seguía agotada, pero sabía que era normal en las primeras fases del embarazo, así que se metió en la cama pensando que tenía que descansar por el bien del bebé. Se dijo que no tenía que sentirse culpable por estar como huésped en una casa tan enorme. Su mente no dejaba de pensar en Alexius y eso la irritaba. No podía evitar preguntarse qué estaba haciendo él, qué pensaba y... quién era Adrianna. No sabía si tendría el valor para preguntárselo, pero sí que no tenía derecho a hacerlo. La enfurecía su falta de disciplina: estaba agotada, pero su cerebro zumbaba como una abeja y no podía dormir.

A las dos de la mañana, tras hojear varias revistas para pasar el tiempo, volvió a levantarse. Tenía hambre otra vez. Bas, que sí roncaba como si fuera un tren, dormía plácidamente sobre la alfombra, así que salió de puntillas para que no la siguiera abajo y, si le daba por ladrar, despertara a toda la casa.

La puerta por la que habían salido los sirvientes a saludarlos, conducía a una escalera que llevaba a una cocina que habría hecho buen papel en un hotel. Se preguntó si Alexius recibía muchos invitados y si celebraba cenas o, peor, orgías de fin de semana. Parecía muy reservado, pero en la cama no lo era. De hecho era extraordinariamente apasionado. Alzó las manos y las presionó contra su rostro arrebolado.

–Para, deja ya de torturarme –le pidió a su mente.

–¿Quién te tortura? –preguntó Alexius, con placidez, desde el umbral.

Capítulo 8

ALEXIUS encendió las luces. Rosie giró en redondo y la seda azul pálido se pegó a su cuerpo.

—¿Tú tampoco puedes dormir?

—No —Alexius la observó abrir las puertas del frigorífico doble y sacar embutido, que se comió allí mismo, de pie—. Veo que tienes hambre.

Rosie enrojeció y asintió con la cabeza porque tenía la boca llena. Tuvo tiempo de apreciar el impacto de la sexualidad de Alexius, cuyo poderoso físico solo cubrían unos ajustados vaqueros desgastados. Con el pecho desnudo, exhibiendo su piel dorada y músculos firmes, quitaba la respiración. Necesitaba un afeitado, un principio de barba oscura resaltaba su sensual boca. Como si pudiera saciar su hambre de él con comida, se sirvió un trozo de queso.

—¿No te han subido una bandeja antes? —preguntó él con cortesía.

Rosie hizo una mueca y, sonrojándose como una amapola, asintió con la cabeza.

—Tal vez sea por el embarazo —sugirió Alexius, examinando su rostro enmarcado por cabello pálido como la luna y sintiendo un hambre que no tenía nada que ver con el estómago. Solo con verla se desataban en él instintos primitivos que no había creído poseer.

—Puede que al bebé le gusten las proteínas.

—¿Por qué hablabas contigo misma?

—Eran cosas que pensaba —Rosie cerró las puertas del frigorífico—. No podía dormir...

—¿Pensamientos sobre mí? —ágil como un gato, Alexius se acercó unos pasos más a ella.

—¿Por qué diablos iba a estar pensando en ti? —Rosie lo miró con ojos verdes cargados de desdén.

—¿Por qué iba yo a pensar en ti? —le devolvió Alexius. Era un terreno desconocido para él, porque nunca había comentado sus sentimientos con una mujer.

—¿Te provoco estrés? —sugirió Rosie con ironía, esforzándose por no mirarlo. Estar lejos de Alexius aunque fuera unas horas la dejaba con un déficit que necesitaba compensar.

—*Thee mou*..., eres tan bella, *moli mou*.

Rosie casi soltó una carcajada, pero cuando vio su mirada y comprendió que lo decía en serio, que lo creía de verdad, algo pareció florecer en su interior. Se miraron largamente y su corazón se desbocó. Una mano se cerró sobre su muñeca y tiró suavemente para atraerla. «Cerebro», gritó en su cabeza, «cerebro, vuelve aquí ahora mismo». Él puso las manos en su cintura y la alzó hacia su cuerpo. Sus bocas se juntaron con el febril frenesí que dominaba sus encuentros. Cuando probaba su sabor, necesitaba más. «No ibas a hacer esto», le recordó su cerebro en ese momento. «Cállate», le devolvió, enredando los dedos en el espeso cabello negro y alzándose hacia él, electrizada de deseo. Siguió besándolo mientras la tensión crecía entre sus muslos, tronando como un aviso de tormenta.

—No he dejado de desearte desde aquella noche —gruñó Alexius, abriendo la puerta y poniendo rumbo hacia la escalera.

–¿Eso es una queja? –preguntó Rosie, encantada porque hubiera seguido deseándola a pesar del bombazo de la noticia de su embarazo.

–No. Haces que me sienta vivo por primera vez en muchos años –contestó Alexius, subiendo los escalones de dos en dos, con ella en brazos como una cautiva–. Me gusta, pero no me gusta cuando no puedo tocarte.

Esa admisión provocó una especie de cortocircuito en el cerebro de Rosie.

–No deberíamos estar haciendo esto –dijo.

–Aún no hemos hecho nada –arguyó Alexius.

Ella llevó la mano a la curva frustrada de su sensual boca y buscó sus ojos. Comprendió que el deseo era mutuo y eso la fortaleció: no era la única que sufría síndrome de abstinencia. No podía estar junto a él sin desear tocarlo y entendía su frustración perfectamente. Volvió a besarla, utilizando la lengua con destreza erótica, y el mundo empezó a dar vueltas a su alrededor. Él la dejó sobre una cama en un dormitorio aún más grande que el que ocupaba ella. En ese momento de separación de sus cuerpos, recordó lo que había querido preguntarle.

–¿Quién es Adrianna?

–Alguien con quien me acosté hace meses –contestó Alexius sorprendido, mientras se quitaba los pantalones vaqueros.

–¿No fue una relación seria? –insistió Rosie.

–No tengo relaciones serias.

Rosie conocía bien esa estrategia, había tenido varias primeras citas con hombres que no se relajaban hasta dejar eso bien claro. La había hecho gracia que un hombre sintiera la necesidad de advertirla antes de conocerse pero, por alguna razón, no le hizo ninguna gracia oírselo a Alexius.

—Entonces, ¿por qué preguntaban los periodistas sobre ella? —persistió Rosie.

—Adrianna hizo varias entrevistas insinuando que entre nosotros había más que una aventura. Eso me pasa a menudo con las mujeres —admitió Alexius, descendiendo sobre ella como un dios de bronce desnudo, masivamente excitado.

—¡Vaya popularidad! Caramba, ¡no me extraña que tengas un ego del tamaño del sol!

Alexius se rio y su expresión se relajó. No siempre sabía cómo comportarse con ella, y eso también era la primera vez que le ocurría.

—¿Eso crees?

—Desde luego —susurró Rosie, sintiéndose muy seductora. Era por cómo la miraba, devorándola con esos ojos claros sobre piel morena, como si fuera la criatura más deseable del mundo.

—Pero no te impresiona, ¿verdad?

—No, pero me impresionó lo rápido que subiste la escalera conmigo en brazos —confesó Rosie, posando una mano en su fuerte hombro.

—No pesas más que una niña.

—Pero pronto me pondré gorda y enorme.

—Entonces habrá más de ti de lo que disfrutar, *moraki mou* —dijo Alexius, agarrando el bajo de su camisón y tirando para sacárselo por la cabeza.

—¡Oh! —Rosie cruzó los brazos sobre el pecho—. ¿Plancabas esto cuando me trajiste aquí?

Alexius rio de nuevo, pero escogió con cuidado sus siguientes palabras.

–Digamos que tenía la esperanza de que volviéramos a estar juntos.

–Te conozco, lo planeaste –Rosie movió la cabeza de lado a lado.

Alexius le dedicó una brillante sonrisa de triunfo y aplastó su boca con la suya, lentamente. La pelvis de Rosie se tensó y alzó las caderas hacia él. Él apartó sus manos y bajó la boca para acariciar con ella la curva de sus senos y atormentar los pezones erectos que tanto necesitaban su atención. Mientras utilizaba labios, lengua e incluso dientes para torturarla, Rosie se retorcía, sintiendo una necesidad cada vez mayor. Él absorbía su respuesta con interés, festejando los ojos con su cuerpo, poniendo fin a cualquier intento de ocultarle su desnudez.

–He esperado mucho por esto –dijo, deslizando el dedo entre sus senos hasta llegar a los rizos rubios de su pubis. Le abrió los muslos y empezó a explorar la cálida y húmeda invitación de su sexo–. Y ha merecido la pena, *moraki mou*.

Temblorosa, Rosie se recostó. Le costaba creer lo que estaba permitiendo, pero lo deseaba tanto que le daba igual la ausencia de promesas. Él trazó un círculo sobre la pequeña perla de terminaciones nerviosas que controlaba su respuesta, provocándole una intensa descarga de placer. Siguió y siguió, y sus caderas se alzaron, mientras sus pezones sentían la abrasión de su torso salpicado de vello. Introdujo un dedo profundamente y ella gimió, arqueando el cuello y tensándose en busca del clímax.

–No dejaré que llegues hasta estar dentro de ti –dijo Alexius con ojos brillantes, situándose para penetrarla–. Y me está costando mucho aguantar.

Su tono desesperado la excitó aún más. Lo sentía vibrando de tensión sobre ella, con los músculos contraídos por el esfuerzo.

—No esperes —le dijo, entre dientes.

Él la llenó con un movimiento fluido que la dejó sin aliento. Gimió de placer al sentir cómo su cuerpo se ensanchaba para acomodarlo.

—¿Te hago daño? —preguntó él, echando la cabeza hacia atrás y alzándole las piernas de modo que le rodearan la cintura.

—No, ha sido un gritito de placer —gimió ella al sentir que profundizaba aún más.

—Tienes el sexo tan estrecho —gruñó él con satisfacción, retirándose casi por completo antes de volver a penetrarla hasta el fondo, provocándole una satisfacción delirante. Giró las caderas, cambiando de ángulo, y la tensión creció como una ola gigantesca con cada embestida. El ritmo se aceleró. Ella no podía respirar, no podía pensar. Solo podía sentir la fuerza masculina de su ritmo primitivo y los deliciosos espasmos que recorrían su cuerpo, acrecentándose hasta que un estallido luminoso la llevó al éxtasis del clímax. Ola tras ola de puro deleite. Por fin, renunciando al control, él se estremeció sobre ella, jadeante, y se dejó ir.

Cuando intentó apartarse, Alexius la retuvo, eran dos cuerpos sudorosos aún unidos. Por fin, se dejó caer sobre la cama y la colocó sobre él, abrazándola y besando su frente, mientras le apartaba el cabello del rostro y la estudiaba.

—Ya estoy pensando en la siguiente vez —gruñó con desesperación—. Eso es lo que haces conmigo; ha sido aún mejor de lo que recordaba, *moraki mou*.

—¿Sí? Esa vez me quedé dormida.

–Esta noche no ocurrirá –le advirtió Alexius. Se sentó y bajó de la cama, con ella en brazos. Fue al cuarto de baño y la situó bajo la ducha para que el agua templada los reviviera a ambos–. Esta noche quiero poseerte una y otra vez.

–¿Por qué? –preguntó ella.

–Porque estoy harto de desearte y no tenerte.

–Ahora estoy aquí –Rosie, saciada y aún temblorosa de placer, se apoyó contra él.

–Y no te vas alejar de mí –afirmó Alexius con un tono posesivo que hizo que en su cerebro se encendieran luces de alarma. Le parecía crucial tenerla cerca–. No en un futuro cercano.

–A veces eres muy mandón –suspiró Rosie, mientras las enormes manos de él extendían el gel sobre su piel, lenta y seductoramente. La sensibilidad que había despertado su primer encuentro sexual no tardó en renacer. Sintió la presión de su miembro, de nuevo duro y cargado de promesas, y no puso ninguna objeción cuando él alzó su rostro y la besó con pasión antes de llevarla chorreando a la cama. Si la primera vez había sido rápida y excitante, la segunda fue lenta, profunda e indescriptiblemente satisfactoria.

Alexius la miró con ojos velados, molesto de repente. Ella lo había rechazado y eso no le gustaba. Aunque no tenía ni idea de lo que le pasaba por la cabeza y nunca había querido saber qué tenía en la cabeza una mujer, su ignorancia lo enardecía cuando estaba con ella. En ese momento, con ella entre sus brazos, tras el mejor sexo que había disfrutado en su vida, vio su pequeño rostro relajado por el placer y la ira tensó cada uno de sus músculos. ¿Qué carencias había visto en él? Ninguna mujer había juzgado a Alexius carente en sentido alguno.

–¿Así que sirvo para la cama, pero no soy lo bastante bueno como marido? –murmuró con tono ligero pero sutilmente provocador.

–No es tan simple –Rosie parpadeó, arrancada de un paraíso de relajación tras el sexo. Necesitaba tiempo para despertar a su cerebro de su estado catatónico.

–Es exactamente así de simple –le contradijo Alexius con cierta aspereza.

Captando su tono, Rosie se tensó y lo apartó de ella, de repente incómoda con la intimidad de los cuerpos desnudos y entrelazados. Se sentó.

–Has admitido que no tienes relaciones serias, y el matrimonio es un compromiso muy serio.

–Sería distinto contigo. Vas a tener un hijo mío –dijo él. Sin previo aviso, apoyó la mano en su hombro, la obligó a tumbarse y abrió la palma sobre su vientre plano–. Mi bebé está ahí dentro.

Desconcertada por el gesto y por la ira que traslucían sus ojos del color de la plata, Rosie se levantó de la cama y se puso el camisón rápidamente.

–Eso no significa que te pertenezca.

–¡Desde luego que sí! –rugió Alexius–. Si crees que voy a quedarme a un lado y dejar que te juntes con otro hombre, ¡estás muy equivocada!

–Puede que sea tu bebé, pero es mi cuerpo –aunque intimidada por su furia, Rosie alzó la barbilla y lo miró con frialdad–. Si supieras cómo vive la gente normal, y no lo sabes, sabrías que mis posibilidades de conocer a otro hombre han quedado muy perjudicadas ¡por el simple hecho de que estoy embarazada!

–¿Por qué iba a importarte eso? Eres mi mujer.

¡Acostúmbrate! –escupió Alexius, enfurecido porque pudiera hablar de sus posibilidades de conocer a otros hombres cuando aún rezumaba el calor de su cuerpo.

–No soy tu mujer. No soy la mujer de ningún hombre –declaró Rosie–. No voy a pegarme a ti porque tengas un jet y montones de dinero. Ese no es mi sueño, ¡no es lo que quiero de la vida!

–¿Y qué diablos quieres de mí? –le devolvió Alexius, que no entendía nada.

–Sentimientos, ¡bruto! –tronó Rosie, airada porque no captaba el mensaje–. ¡No me basta con que tengas dinero y seas fantástico en la cama!

–¿Crees que voy a enamorarme de ti como un adolescente? –Alexius saltó de la cama, exasperado por la creencia de que ella quería un final de cuento de hadas que no podía darle.

–Eso es, ¡búrlate de mis sueños! –siseó Rosie, con el rostro como la grana–. No tiene que ser amor, solo cariño, falta de egoísmo, amabilidad...

–¿Acaso no he sido cariñoso y amable? –ladró Alexius, que odiaba sentirse a la defensiva.

Rosie reflexionó sobre su comportamiento desde que le había dado la noticia del embarazo y tuvo que admitir que había demostrado ambas cualidades, pero aun así necesitaba más.

–Ni siquiera deseas a nuestro bebé.

–Te deseo a ti –replicó Alexius–. Y empiezo a pensar en el bebé como un ser unido a ti. ¿No es eso suficiente como principio?

Que aún la deseara, a pesar de las complicaciones, significaba mucho para Rosie, pero en el fondo de su ser algo seguía rechazando la idea de casarse con un hombre que no la amaba, que, lo admitiera o no, pensaba que su riqueza era suficiente para poner fin a sus objeciones.

–Admito que ofreces un buen trato –murmuró, queriendo aplacarlo sin saber por qué, tal vez por la intimidad que habían compartido esas últimas horas y que no quería perder–. Sobre todo para alguien como yo, que proviene de la pobreza.

–Eso no importa. Eres una de las personas más buenas y consideradas que he conocido –dijo él, velando los ojos.

–Pues será porque conoces a mala gente.

–No te interesa mi dinero. No intentas aprovecharte de mí y me gusta estar contigo. Créeme, eso importa mucho más –dijo Alexius–. Pero no tengo la capacidad emocional de darte amor. Nunca he estado enamorado.

–¿Nunca? –Rosie lo miró boquiabierta.

–Para mí siempre ha sido sexo, nada más complejo –admitió Alexius–. Y el sexo me gusta más contigo que con nadie.

–Supongo que eso es algo –Rosie tuvo que controlar el impulso de sollozar, atónita y emocionada a la vez. Alexius era un genio a la hora de crear conflictos en su interior.

–Para mí es más que algo, *moraki mou*.

–Esa es la diferencia más fundamental entre nosotros. El sexo es más importante para ti, y menos para mí. Pero buen sexo no implica un buen matrimonio.

Alexius tenía ganas de dar un puñetazo a la pared, pero se conformó con bullir en silencio. Ninguna mujer lo había airado tanto: lo irritaba sentirse perdido, sin saber las respuestas adecuadas ni cómo salir triunfal de la conversación. Rechinó los dientes. Rosie se acercó a él, le echó los brazos al cuello y se puso de puntillas para besar una esquina de su boca.

—No quiero discutir contigo —le dijo.

—Pero lo estás haciendo.

Rosie deslizó una mano, francamente manipuladora, por su fuerte torso bronceado y se acercó a él, avergonzada por recurrir a lo fácil.

—Volvamos a la cama... —susurró.

Alexius sintió un intenso alivio. Entendía la lujuria como entendía que necesitaba aire para respirar: no daba lugar a malentendidos. Tiró de la mano de ella hacia abajo.

—¿Recuerdas que me pediste que te dirigiera? —preguntó, asombrado por la velocidad en que su erección volvió con el primer tímido contacto de sus dedos. Estaba acostumbrado a todo menos a la ignorancia en el dormitorio. Una larga sucesión de mujeres sofisticadas que anhelaban complacerlo, lo habían llevado a esperar mucho de sus amantes. Pero nada lo había excitado tanto como la titubeante caricia de Rosie. Y eso a pesar de que sabía que lo estaba haciendo para dejar atrás la incomodidad creada por la conversación que él no tendría que haber iniciado nunca.

Rosie pasó los dedos por su miembro, grueso y duro, y dio un portazo a los pensamientos que la torturaban. Bueno o malo, no importaba si la hacía feliz.

Y Rosie zumbó de felicidad cuando abrió los ojos la mañana siguiente: Alexius estaba a centímetros de ella y su presencia la tranquilizaba. Su duro y delgado rostro parecía más suave cuando dormía y sus largas pestañas negras casi le rozaban los pómulos. Guapo, vital y lleno de misterio. Deseaba meterse bajo su piel, averiguar por qué era tan reservado, saber si escondía algo, resolverlo como si fuera un rompecabezas. La fascinaba y, tras una noche de sexo apasionado, no creía que eso fuera a cambiar por el momento. Era fantástico en la cama, pero seguramente le parecería un insulto que para ella lo mejor fuera descansar en sus brazos después, sintiéndose unida a él y a cada sonrisa de sus labios.

La asustaba que tuviera tanto poder sobre ella. No había elegido dárselo, pero de alguna manera, él lo había tomado, robándole el corazón. La había enamorado, pero él no correspondería a ese amor, eso estaba claro. Consciente de las mujeres que estaban dispuestas a caer a sus pies, sabía que esperar más sería como golpear la cabeza contra la pared. Decidió que para Alexius Stavroulakis era una novedad, una trabajadora común que había sido virgen. No sabía cuánto tiempo lo retendría esa novedad. Si no tenía cuidado, caería en la trampa de intentar hacer a Alexius feliz. Había notado que, cuando reía o sonreía espontáneamente, parecía sorprenderse de ello.

Desayunaron en la galería, con vistas a la playa de arena blanca que resplandecía bajo el cielo azul. El paisaje era digno de la impresionante casa que él le enseñó después de desayunar. Ella buscó fotos familiares en vano.

—No éramos esa clase de familia —dijo Alexius con desapego.

—Pero tiene que haber sido muy divertido vivir aquí de niño, con la playa a tres pasos de la casa.

Alexius no contestó y el silencio se volvió incómodo, picando la curiosidad de Rosie.

—No te divertías mucho de niño, ¿verdad?

—No —admitió él—. Pero recibí buena educación y

todos los cuidados –añadió, para que no pensara que lo habían tratado mal–. Vamos a dar un paseo.

El paseo por la playa puso fin al tema, como seguramente había pretendido Alexius. Rosie paseaba por la orilla cuando sonó el móvil de Alexius. Habló en griego y, sonriendo, se apoyó en una roca e hizo un gesto para que Rosie se acercara y rodearla con un brazo. Eran esas cosas las que le daban la esperanza de que sí le importaba, tal vez más de lo que él creía. Ella hundió la nariz en su camisa, adorando el olor de su ropa y de su cuerpo, caldeados por el sol. Se dijo que no solo se trataba de sexo, él no tenía obligación de abrazarla fuera de la cama.

–Tu abuelo volará aquí esta tarde para verte –le dijo Alexius tras una larga conversación.

–¿Por qué? –Rosie se debatía entre la alegría y la preocupación.

–Para arreglar las cosas contigo, ¡es obvio! –gruñó Alexius–. Eres su nieta. Eso significa mucho para un hombre con su historia familiar.

–No quiero que te presione para que te cases conmigo –le confió Rosie–. Espero que no venga para eso.

–He retirado la oferta –dijo Alexius sin el menor titubeo–. Tienes razón. ¿Por qué casarnos? El sexo es fantástico. Me basta con eso.

Rosie descubrió que no era nada predecible porque, en vez de relajarse una vez eliminada la fuente de presión, se debatía entre querer gritar y querer abofetearlo. ¿Había retirado su propuesta de matrimonio? ¿Se conformaba? ¡Pues ella no! La mortificó sospechar que había cambiado de opinión porque había vuelto a caer en la cama con él. Se sentía perdida en un abismo emocional: lo quería y necesitaba, pero no quería admitir ninguna de las dos cosas, y temía las posibles consecuencias de esa vulnerabilidad.

Socrates Seferis estaba sentado en un sillón de mimbre en la galería, tomando café y pastas, cuando Rosie bajó a reunirse con él, luciendo pantalones de lino y una camiseta azul brillante. Su rostro esbozaba una sonrisa titubeante.

—Me alegra que hayas querido volver a verme —admitió con franqueza.

—Alexius y tú sois adultos. No tendría que haber interferido. Y ver las cosas desde la banda —el hombre sonrió de oreja a oreja—, está resultando de lo más interesante.

—¿Interesante, por qué? —Rosie se sirvió algo fresco para beber.

—Mi ahijado nunca había traído a una mujer aquí. Esta isla es su refugio. Es muy protector de su intimidad.

—No me sorprende. Ayer sufrimos el acoso de la prensa en el aeropuerto. Fue horrible —la alegró saber que no estaba allí como una amante más de una larga lista—. ¿Habías estado aquí antes?

—Una vez. En el funeral de sus padres. Están enterrados en el cementerio privado de la isla.

—¿Los conociste? —preguntó Rosie con curiosidad—. ¿Cómo eran?

—Nunca me moví en su círculo social elitista, así que solo puedo hablar como observador —confesó el anciano—. Fui a la escuela con el abuelo de Alexius, ese era mi vínculo con la familia y la razón por la que pedí ser el padrino de Alexius. Sus padres eran muy ricos y muy jóvenes. Además, ambos eran hijos únicos que se casaron por presión familiar, su matrimonio era más bien una fusión empresarial. Una vez cumplieron la expectativa de producir un hijo y heredero, Alexius, sus padres vivieron vidas aparte. No hubo divorcio pero tampoco matrimonio real.

–Eso es muy triste.

–Pero lo fue más para su hijo –apuntó Socrates–. Creo que su madre carecía de instinto maternal. Alexius fue criado por el personal doméstico y, cuando tenía ocho años, sus padres lo enviaron a un internado en Inglaterra.

–¿Ocho años? Era demasiado pequeño para enviarlo tan lejos de casa –murmuró Rosie–. Nunca habla de su infancia.

–Te contaré una historia –dijo Socrates, recostándose en el sillón de mimbre–. Una vez, estando de viaje de negocios en Londres, recordé que era el décimo cumpleaños de mi ahijado. Soy un hombre impulsivo y, como hacía mucho que no lo veía, decidí comprarle un regalo y hacerle una visita sorpresa. Cuando llegué, el director me llevó a un lado y me dijo que estaban muy preocupados por la falta de contacto del niño con su familia. Nunca tenía noticias de sus padres y ni siquiera lo visitaban cuando estaban en el Reino Unido. Pasaba los veranos aquí, en la isla, donde el personal doméstico atendía sus más mínimas peticiones, pero sus padres nunca estaban. Alexius desconoce lo que es un hogar normal porque nunca lo experimentó.

–Eso tiene que haber sido muy doloroso para él –Rosie había palidecido al imaginar lo solitario que se habría sentido de niño, recibiendo todo lo necesario pero sin amor o atención parental.

–Él nunca lo admitirá –Socrates enarcó una ceja–. Cuando me enteré de que no recibía visitas en el internado, me preocupé de verlo cada vez que iba a Londres. Tenía muchos amigos, claro está, y visitaba sus casas a menudo.

Rosie comprendió el porqué de la distancia emocional de su amante. Igual que ella, había sido traicionado y excluido por quienes tendrían que haberlo amado y cuidado de niño. Aunque no hubiera sufrido las carencias materiales que había experimentado ella, el maltrato había sido tan real como en su caso.

–¿Te gustaría venir a alojarte en mi casa de Atenas? –le preguntó su abuelo de repente–. Serías muy bienvenida.

–Yo... eh... –Rosie enrojeció y se removió en el asiento, avergonzada por su titubeo. Socrates era un hombre de corazón cálido, dispuesto a superar sus prejuicios sobre un embarazo fuera del matrimonio, y quería crear un vínculo familiar con ella.

–No quieres dejar a Alexius –interpuso él, divertido–. Entonces, ¿sois pareja?

–Ahora mismo me gustaría pasar más tiempo con él –admitió Rosie de un tirón, con el rostro arrebolado de vergüenza.

- La invitación queda abierta. Me encantaría tenerte como invitada y dar una fiesta para presentarte a mis parientes y amigos –declaró él con entusiasmo–. Pero eso puede esperar.

–Te agradezco que lo entiendas –respondió Rosie con culpabilidad. Había accedido a ir a Grecia para conocer a su abuelo. No sabía cuándo había permitido que Alexius se convirtiera en el punto central de su felicidad y de sus sueños.

–No entiendo por qué no quieres casarte con Alexius, sintiendo lo que, obviamente, sientes por él –Socrates Seferis movió la cabeza lentamente–. Pero tienes edad para saber lo que quieres.

Tras ese incómodo intercambio, Socrates le contó sus problemas con su propia familia. Ella admiró su honestidad y respetó su admisión de que había mimado y malcriado a sus hijos para intentar compensarlos por la muerte de su madre. Después justificó el haberle pedido a Alexius que intentara conocerla; Rosie le explicó a su abuelo el truco que había utilizado su ahijado, cosa que al anciano le pareció de lo más divertida.

Alexius salió a reunirse con ellos e informarlos de que pronto servirían la comida. Con vaqueros cortos y una camisa entreabierta, estaba impresionante. A Rosie le hizo gracia ver a Bas cojeando detrás de él, agitando el rabo como un metrónomo. Ella se colocó al perrito en la rodilla y se lo presentó a su abuelo.

–Me siguió al dormitorio y empezó a morder uno de mis zapatos –dijo Alexius con rostro serio, prefiriendo no admitir que había sido un alivio que no volviera a elegir su tobillo como diana.

–Tiene malos hábitos. No lo adiestraron bien cuando era un cachorro –explicó Rosie.

–Lo malcrías. Es un animal, no un ser humano.

–Siento lo del zapato, ¡pero no pienso dejarlo fuera en una caseta! –afirmó Rosie, rotunda.

Socrates observaba el intercambio como si estuviera viendo un espectáculo en primera fila. Rosie, al darse cuenta, enrojeció de vergüenza. Se preguntó si hacían tan mala pareja vistos desde fuera como ella creía. No era solo cuestión de su maldito dinero y su sangre noble, él era listo como el hambre, mientras que ella tenía que estudiar largo y tendido para aprobar sus exámenes.

Después de cenar, los dos hombres charlaron un buen rato, lo que tranquilizó a Rosie respecto a que la confrontación el día de su llegada hubiera dañado su relación a largo plazo. Después el helicóptero llegó para recoger a su abuelo y llevarlo a su casa, y ella volvió adentro junto a Alexius sintiendo temor por los problemas que podría implicar una relación sin límites definidos.

–¿Te ha pedido Socrates que vayas a casa con él? –preguntó Alexius, escrutando su rostro tenso y notando que el sol le había quemado levemente las mejillas.

–Sí –Rosie alzó la cabeza con mirada evasiva.

–¿Y qué le has dicho? –Alexius se tensó.

–Que aún no –Rosie tragó saliva, avergonzada, pues era obvio que no tenía más razón para quedarse que la de compartir su cama.

–Eso está bien –dijo él, pensativo.

–Sin embargo, pienso aceptar su invitación pronto –siguió Rosie, que no quería que pensara que iba a tener que cargar con ella como huésped por tiempo indefinido–. Seguro que pronto tendrás que volar a algún sitio por asuntos de trabajo.

–Pensaba tomarme unas vacaciones –dijo Alexius–. ¿Qué quiere decir pronto?

–¿Una semana? –aventuró Rosie, insegura–. No creo que pueda ser mucho más. Al fin y al cabo, vine a Grecia para pasar tiempo con mi abuelo y estoy aquí, contigo.

–Una semana no es suficiente para lo que yo quiero,

moraki mou–. Alexius pasó el dedo índice por su labio inferior y ella alzó la vista hacia sus ojos, que seguían hechizándola.

–Esto..., no nos llevará a ninguna parte.

–Ahora mismo, nos lleva a la cama –afirmó Alexius, alzándola en brazos e ignorando a Bas, que ladraba y saltaba alrededor de sus piernas.

«Sexo, su prioridad, su medio de expresión», pensó ella con desazón, aunque la presión de la boca de Alexius en la suya ya había encendido una llamarada que recorría su cuerpo. El sexo sin sentimientos era el mínimo denominador común. Pero eso no importaba si quería estar con él más que nada en el mundo. Así que dejó de lado sus dudas e inseguridad, recordándose que había rechazado un matrimonio que lo habría atado a ella lo quisiera o no. No quería convertirse en la esposa que él aceptara por obligación, porque iba a tener a su hijo. Antes o después, le echaría en cara su sacrifico. No, lo que tenían en ese momento era más honesto y verdadero que un matrimonio de segunda categoría, y de una cosa estaba segura: Alexius Stavroulakis era inherentemente incapaz de aceptar algo de segunda categoría.

Capítulo 9

«CUÁNDO vas a decírselo a Alexius?», la pregunta no dejaba de rondar la mente de Rosie. Decirle que se iba al día siguiente. Su abuelo ya había organizado su recogida y fijado la fecha de la fiesta para el fin de semana.

No creía que su partida fuera a sorprender a Alexius, porque la semana prometida se había ampliado hasta convertirse en dos. Solo las continuas llamadas de Socrates la habían persuadido para fijar una fecha. Era su abuelo, un hombre que le gustaba y merecía su respeto, y sabía que solo quería lo mejor para ella. Dejar que los días pasaran como parte de un sueño al que intentaba aferrarse, aunque llevara las de perder, no era un comportamiento adulto. Estaba embarazada, no podía dejarse llevar eternamente. Tenía que crearse una nueva vida por el bien de su hijo, y su abuelo le estaba ofreciendo el primer paso en ese sentido. Ella se había quedado con Alexius con la esperanza de que le demostrara sentimientos que fueran más allá de la cama.

Por desgracia, eso no había ocurrido. No había vuelto a mencionar el matrimonio desde el día que le había dicho que retiraba la oferta. Su silencio era muy irónico justo cuando Rosie estaba revisando sus propias convicciones y empezando a creer que sí se podía basar un buen matrimonio en algo distinto de la devoción mutua. Alexius era muy bueno con ella, ningún hombre la había tratado tan bien antes, y el que ocurriera a diario era digno de tenerse en cuenta.

Habían explorado la isla juntos, se habían bañado en idílicas playas desiertas y comido en la acogedora taberna del pueblo, junto al puerto, donde los pescadores se acercaban a charlar con Alexius sin dar la menor importancia a su estatus, cosa que Rosie sabía que le encantaba. En la isla no necesitaba guardaespaldas y disfrutaba de su libertad. Incluso la había llevado de pesca, pero eso había sido una calamidad: el movimiento del barco y el olor a pescado la habían mareado y provocado unas náuseas irresistibles. Para consolarla, él la había llevado a Rodas al día siguiente, y lo había divertido que prefiriera pasear por la ciudad medieval e informarse sobre su historia a ir de tiendas. Aun así, había conseguido comprarle un diamante espectacular, que había sido el origen de su única discusión en el tiempo que habían pasado juntos.

—¡Te daré lo que yo quiera! —había clamado Alexius cuando ella le dijo que la incomodaba aceptar un regalo tan caro—. Duermes en mi cama y esperas a mi bebé, ¿por qué esperas que te trate como a una mera conocida? Además, ¿qué problema tienes? Todo lo que llevas puesto en este momento, hasta las bragas que estoy deseando arrancarte, lo he comprado yo.

Esa verdad había caído como un ladrillo sobre la cabeza de Rosie, aplastándola, avergonzándola y enfureciéndola. Pero lo cierto era que después Alexius le había pedido perdón, aunque ella no esperaba que lo hiciera: había dicho la verdad.

—No hagas que mi dinero sea una barrera entre nosotros –le había suplicado él esa noche en la cama, tras hacer las paces mediante un explosivo encuentro sexual–. No me niegues el placer de comprarte cosas. Odio que me rechacen.

Ella no podía negar que era muy feliz con él, pero sabía que volver a Atenas e instalarse con su abuelo sería como una traición a los ojos de Alexius. Su personalidad era muy de todo o nada. Pero lo cierto era que Alexius no le había pedido que viviera con él: si lo hubiera hecho, le habría dicho que sí. Su estancia en la isla parecía poco más que un cambio de rutina para él, pero para ella había significado mucho más.

Rosie dobló otra blusa y la metió en la maleta con un suspiro. Él no le había pedido que se enamorara. De hecho, no habría dudado en decirle que no se molestara en hacerlo. Recordó que la correa y los juguetes de Bas estaban abajo y fue a buscarlos. Como era habitual, Alexius había pasado la mañana trabajando en su despacho y no lo había visto desde el desayuno. Estaba sacando un juguete de goma de debajo de una mesa cuando apareció él.

–He hecho suficiente por hoy, *moraki mou* –dijo Alexius desde el umbral. Tenía el pelo negro revuelto y llevaba una camisa abierta y bañador. Incluso así exudaba un aura de poder y temperamento. Ella lo miró y se le secó la boca. Era tan impresionante que le costaba creer que pudiera ser suyo a largo plazo. Siempre tenía la sensación de estar junto a un hombre que estaba a años luz de su alcance.

–¿Qué haces en el suelo? –preguntó él.

–Buscando los juguetes de Bas –murmuró ella, levantándose y mirándolo con aprecio. Pensó que lo apreciaría mucho más cuando abandonara la isla al día si-

guiente y Alexius dejara de estar disponible. La idea
la deprimía.

–Pide al servicio que los busque –urgió Alexius
con la calma de un hombre que no hacía nada que pudiera hacer un empleado. Centraba su tiempo y su talento en los negocios y en ser un amante inventivo y
excitante.

Solo con pensarlo, Rosie sintió un cosquilleo en los
senos, que, desde que el embarazo los había redondea-
do, llenaban el corpiño de su sencillo vestido de ve-
rano. Esas nuevas curvas la divertían, pero estar perdiendo la cintura y no poder meter la tripa no le hacía
ninguna gracia. El cuerpo que Alexius juraba adorar
estaba cambiando y no podía hacer nada al respecto.
Tal vez Alexius no tardara en dejar de querer arran-
carle las bragas porque estaba perdiendo la figura.
Quizás fuera mejor irse antes de que él dejara de de-
searla, al menos así mantendría su orgullo intacto.

Alexius notó que estaba nerviosa y evitaba su mirada. Hacía cuarenta y ocho horas que sabía que algo
iba mal, pero no había dicho nada; la experiencia le
había demostrado que la distancia era la mejor manera
de mantener el poder en cualquier tipo de relación.
Pero alguien o algo había robado a Rosie su entusiasmo habitual. Tenía una inmensa capacidad de jú-
bilo y admiraba, apreciaba y valoraba las cosas peque-
ñas de la vida más que nadie que él conociera. Una
puesta de sol, una buena comida o incluso un chiste
del pescador iluminaban su sonrisa: era alegre y fácil de
contentar. La amante perfecta.

–¿Te encuentras bien? –preguntó Alexius de repente, sorprendiéndose a sí mismo. Alexius había leído de principio a fin un deprimente libro titulado *Pe-*

ligros del embarazo. Conocía a la perfección las se-
ñales de peligro y, en silencio, la observaba a diario
por si aparecía algún síntoma sospechoso o alguna al-
teración inquietante.

—Claro que sí —sonrió Rosie, que no quería estropear su último día juntos.

Alexius pasó los dedos por la cascada de cabello
rubio, disfrutando del familiar aroma de su champú de
hierbas. Lo asaltó una cascada de imágenes: Rosie en
el barco, sonriendo con entusiasmo, con el pelo albo-
rotado por el viento, antes de marearse; Rosie estu-
diándolo por la mañana como si fuera la octava maravilla del mundo; Rosie mirándolo siempre como si
fuera la octava maravilla del mundo, corrigió para sí.
Él no era ningún soñador, se conformaba con lo que
tenían, le habría gustado parar el reloj allí mismo, en
ese momento. Entonces, ella se acercó y le ofreció su
suculenta boca.

Él la besó hasta quitarle el aliento y electrizarla de
deseo. Ardiente y húmeda, se apretó contra él y suspiró de placer al sentir la dureza de su erección. Él la
alzó en brazos y ella rio. Bas bailoteó alrededor de sus
pies, suplicando atención, porque no podía subir las
escaleras con la escayola y lo sabía.

—Mala suerte, Bas —jadeó Alexius, ya entreabriendo
sus muslos con la mano y comprobando que estaba
tan dispuesta como él. Nunca le había ocurrido eso con
otra mujer, esa instantánea conexión sexual, sin im-
portar cuándo o cómo la tocara, ni la hora del día, ni su
estado de humor. Para un hombre tan sexual como
él, era una cualidad que no tenía precio.

Chocó contra una puerta, porque seguía besándola,
y Rosie se rio cuando tropezó y casi cayó dentro de su

dormitorio. Puso las manos en su rostro y miró con adoración sus ojos plateados, que seguían hechizándola.

—Adoro tus ojos... ¿te lo he dicho alguna vez?

—Puede que una o dos —su rostro enrojeció cuando vio la maleta sobre la cama. Soltó a Rosie al lado—. ¿Qué diablos es esto? —exigió, abrupto.

—Iba a decírtelo en la cena —Rosie tomó aire—. Socrates va a enviar a un helicóptero para que me recoja mañana.

—¿Y cuando volverás? —el rostro de Alexius parecía duro como el granito.

—Voy a quedarme con él, Alexius, como prometí hacer —Rosie se enderezó y se estiró la falda del vestido, que tenía subida hasta la cintura.

—Así que te vas y me abandonas —Alexius parecía un iceberg, sus ojos oscurecieron.

—No, no es eso —protestó Rosie con desconsuelo—. Sabes que no. Ha organizado una fiesta en mi honor el sábado por la noche... ¿no vas a venir?

—Es la primera noticia que tengo. ¿Cuándo volverás aquí?

—No podemos seguir así indefinidamente —musitó Rosie incómoda, intentado encontrar las palabras adecuadas.

—¿Por qué no? —gruñó Alexius.

—Porque tengo que hacer planes y necesito aprovechar la oportunidad de conocer a Socrates. Ningún pariente se ha interesado por mí antes, significa mucho para mí y, además, no es un hombre joven, Alexius. ¿Quién sabe cuánto tiempo tendré para conocerlo? —lo miró con ojos verdes cargados de preocupación—. No me pongas difícil hacer lo que me pide mi conciencia.

—No tengo intención de hacerlo, pero, si sales de esta casa, hemos acabado. Te mantendré a ti y al niño, pero seguiré adelante con mi vida.

—Sé que estás enfadado conmigo, que tendría que habértelo comentado, ¡pero eso no es justo! —exclamó Rosie, atenazada por el pánico—. Puedes verme en Atenas...

—¿Y dormir contigo? No lo creo —desdeñó Alexius—. Una vez Socrates te tenga bajo su techo, te reinventará como una virgen vestal.

—¿Una virgen vestal embarazada? —se mofó Rosie, dolida porque solo hubiera mencionado la necesidad de su cuerpo—. ¿Bromeas? ¿No dirás en serio que lo nuestro ha terminado, verdad?

—Sí —confirmó Alexius con frialdad y resolución—. Rara vez digo cosas que no pienso, Rosie. Si te vas sin mi permiso, hemos terminado.

—Creo, o al menos espero, que te refieras a «aprobación», no a «permiso» —dijo Rosie dolida—. Porque no necesito tu permiso para nada.

—Tienes razón. No lo necesitas —Alexius le lanzó una mirada hostil y salió de la habitación. Rosie se sentó al borde de la cama como una sonámbula que despertara en un lugar extraño. Muy extraño. Él no podía decirlo en serio. No podían haber terminado cuando minutos antes había estado a punto de hacerle el amor. No podía desconectar así. ¿O sí podía?

«Terminado», la palabra la estremecía. Él estaba enfadado, pero eso no duraría siempre. Su corazón le decía que debía atención a Socrates, pero iba a rasgarse por la mitad si Alexius la dejaba sin más. Estaba demasiado acostumbrado a conseguir lo que quería y se portaba como un matón. Pensó, resentida, que utilizaba el chantaje emocional para hacerle daño. Si fuera débil, su crueldad funcionaría, pero ella no era débil. Tenía que luchar contra él, resistirse. Él reaccionaría, tenía que reaccionar. Lo amaba, lo amaba incluso cuando se portaba como un auténtico cerdo. Se dijo que tendría que haber preparado el terreno mejor, haberle comentado sus planes, no decírselo de sopetón. Ver su maleta a medio hacer había sido como agitar un trapo rojo ante un toro.

«Terminado». ¿Y si lo decía de verdad? Rosie razonó que entonces él no merecía la pena. Las lágrimas anegaron sus ojos y se esforzó por controlarlas. ¡No iba a llorar por un tipo que le lanzaba un ultimátum como si fuera su empleada! Era fuerte y podía disfrutar de la vida sin él. Que le pareciera imposible hacerlo, no era más que una bobada melodramática.

Capítulo 10

AHÍ LLEGA Alexius —canturreó Sofía al oído de Rosie—. ¡Te dije que vendría! Nunca se pierde una de las fiestas de papá.

Rosie centró la atención en el grupo que se había formado al otro extremo de la habitación. Veía la parte de arriba de la arrogante cabeza de Alexius, porque era más alto que los hombres que lo rodeaban. Su labio superior se perló de sudor y apretó las manos. Había dejado la isla hacía una semana y Alexius no se había puesto en contacto con ella. ¡Ni una sola vez! Ella, en cambio, necesitaba de todo su autocontrol para mantener la distancia y no entendía por qué; se preguntaba qué le había pasado a su orgullo.

—¿Quién es toda esa gente que está con él? —preguntó, incapaz de controlar su curiosidad.

—Siempre lo acosan en público. Es un hombre muy poderoso. Los hombres quieren parte de su negocio y las mujeres quieren parte de él —comentó su tía con una risita sugerente.

Socrates había elegido celebrar la fiesta en su hotel de la ciudad y había insistido en comprarle a Rosie un vestido nuevo para la ocasión, a pesar de que ella le había enseñado uno que estaba segura era adecuado. Si no hubiera sido por el torbellino emocional que había sufrido al dejar a Alexius, habría disfrutado mucho

de la semana pasada en compañía de su abuelo. Rosie
y Socrates se habían relajado y creado vínculos, descubriendo que tenían un sentido del humor muy simi-
lar y que ambos preferían llevar una vida poco preten-
ciosa.

Rosie iba de blanco, lo que resaltaba el color dorado que había adquirido su piel en la playa, y se había
peinado de forma especial para la ocasión, dejando
que los claros mechones cayeran rectos y en cascada
por debajo de sus hombros. El vestido era más revelador de lo habitual en ella y se sentía un poco incómoda. Sofia había llevado a Rosie de compras y lle-
varle la contraria no era nada fácil. Rosie pensaba que
su tía y ella eran demasiado distintas para llegar a in-
timar, pero Sofia había controlado su lengua viperina
desde su llegada y sus descaradas opiniones eran, a decir verdad, informativas y a menudo divertidas. La
mujer conocía a toda la gente de alta sociedad y estaba
al tanto de cada escándalo y secreto que merecía la
pena oír. Rosie estaba segura de que todos los invitados ya sabían que estaba embarazada y de quién, porque no consideraba a Sofia capaz de guardar algo tan
jugoso en secreto.

–¿Quién es ella? –preguntó Rosie con la boca seca,
cuando se abrió un hueco entre la gente y vio a una
impresionante morena que lucía un minivestido azul
brillante, agarrada al brazo del padre de su hijo con
ademán posesivo. Sí, se recordó Rosie con acidez, era
el padre de su hijo y era vulgar y de mal gusto que
Alexius apareciera en su fiesta acompañado de otra
mujer.

–Yannina Demas... Naviera Demas es de su familia
–dijo Sofia con autoridad–. Son viejos amigos, pero

Nina siempre ha querido más. No lo mires, Rosie. Nunca muestres tu corazón a un hombre, y menos a uno con tantas opciones disponibles.

De inmediato, Rosie volvió la cabeza, sonrojada como si la hubieran abofeteado. No sabía que sus sentimientos por Alexius eran tan obvios. Apenas podía comer y no dormía. Estaba baja de ánimo. Cada día que pasaba sin una visita o una llamada de teléfono incrementaba su sufrimiento y le costaba mucho controlar sus emociones. En un momento de desesperación, había estado a punto de llamar a Alexius y decirle que no fuera tan estúpido, pero había conseguido contenerse. «¿Viejos amigos? ¿Compañeros de cama o solo amigos?», se preguntó. Nina Demas se agarraba a Alexius como si fuera un salvavidas en una tormenta. Rosie borró la imagen de su mente y sonrió al alto joven que la invitó a bailar.

Alexius observó a Rosie ir hacia la pista de baile: parecía distinta. Ese vestido no pertenecía al vestuario conservador que había encargado para ella. Era muy corto, con un corpiño ajustado que dejaba los hombros al aire y realzaba su pecho, mientras que la falda se abombaba bajo la cintura y estaba decorada con flores de tela. En otro tiempo ella habría rechazado un vestido tan femenino como frívolo y ridículo, pero el efecto era sofisticado y deslumbrante, y representaba todas las cualidades que Alexius habría preferido que Rosie no adquiriera nunca.

Le había gustado su sencillez, su voluntariosa carencia de glamour y vanidad. No le gustaba que exhibiera sus pechos abultados por el embarazo ni sus esbeltas y bonitas piernas, que animarían a cualquier hombre a pensar en estar entre ellas. Si no hubiera sido por el detalle de que era él quien la había dejado, Alexius habría corrido hacia ella y la habría envuelto en su chaqueta para ocultarla a las miradas masculinas que estaba atrayendo. Eso tampoco le gustaba nada. Y le gustaba aún menos cómo bamboleaba las caderas al ritmo de la música. Aunque hervía de ira, respondió a un comentario de Nina esbozando una sonrisa cortés.

—Si tienes cinco minutos, papá quiere verte arriba, en su suite —le dijo su tía a Rosie cuando abandonó la pista de baile.

Jadeante tras sus esfuerzos en la pista, Rosie entró en el ascensor que la conduciría a la suite privada de Socrates. Se preguntaba si habría ocurrido algo y si el anciano se había esforzado demasiado y se encontraba mal. El reposo era un reto para un hombre tan vital como Socrates Seferis. La puerta de la suite estaba abierta, así que entró y la sorprendió no ver a nadie. Un momento después, entró Alexius, que se quedó parado al verla allí.

—¿Socrates?

—Aún no está aquí —dijo Rosie con tersura, enfrentándose a los ojos de mercurio líquido que la dejaban sin aliento. Alexius estaba espectacular con traje formal y una camisa blanca que contrastaba con su piel bronceada. Pero su rostro estaba tenso y serio—. ¿También quería hablar contigo?

—Me da la impresión de que quería que habláramos nosotros —respondió Alexius con cinismo, cerrando la puerta.

—No tengo nada que decirte —protestó Rosie.

—Da igual, ¡yo sí que tengo mucho que decir! —replicó Alexius, estudiando con desdén la esbelta figura expuesta por el ajustado vestido. El escote realzaba los recién hinchados senos y, cuando recordó sus rosados pezones, sintió una indeseada pesadez en la entrepierna–. ¿Cómo se te ocurre aparecer en público vestida así?

–¿Vestida cómo? –exigió Rosie desafiante, intimidada a su pesar por su tamaño, mientras su mente sufría un bombardeo de imágenes: Alexius haciéndola arder con sus manos y su erótica boca; Alexius volviéndola loca del amanecer a la puesta de sol, insaciable–. ¿Qué tiene de malo mi ropa?

–Enseñas demasiado para ser una mujer embarazada –declaró Alexius sin dudarlo–. Es indecente.

–¡Ni siquiera se nota el embarazo aún! –le devolvió Rosie con furia, preguntándose si la leve curva de su vientre llamaba la atención hasta el punto de darle un aspecto ridículo.

–Pero estás embarazada –le recordó Alexius con cierta satisfacción–. Y lanzarte a la pista de baile en tu estado no es nada sensato.

–¿Qué sabes tú de eso? –protestó Rosie–. Nunca hemos bailado juntos, y eso lo dice todo sobre nosotros. Nunca hemos bailado. Ni siquiera hemos tenido una primera cita.

–Es un poco tarde para preocuparse de eso.

–¡Te odio! –le lanzó Rosie, al ver que no daba importancia a algo que para ella sí la tenía–. Intentas sentar la ley y no tienes ningún derecho a hacerlo. ¡Lo que me ponga y cómo me comporte no es asunto tuyo!

–Pero el bebé siempre será asunto mío –le recordó Alexius–. Y no me odias.

–¿Cómo lo sabes? ¡Me dejaste! –escupió Rosie con amargura–. ¿Crees que eso fue bueno para mí y para el bebé? ¿Y qué me dices de todo el sexo?

–Disfrutamos el uno del otro –aseveró Alexius con seguridad absoluta, estudiando el delicioso mohín de su boca con ojos como diamantes–. No recuerdo que te quejaras.

Su mirada hizo que ella ardiera dentro del vestido, tensando sus pezones y provocando tal oleada de calor entre sus muslos que tuvo que apretarlos. Cerró los puños para controlar su deseo de él. Alexius agarró sus muñecas y la atrajo hacia su cuerpo.

–¡No! –gritó Rosie con fiereza, aterrorizada porque la tocara y obtuviera la respuesta que ya no tenía derecho a recibir.

Pero su boca capturó la de ella, sumiéndola en una mezcla de cielo e infierno. El cielo fue la dulce oleada de anhelo que liberó, el infierno su incapacidad de contener su respuesta. Su lengua invadió su boca hasta hacer que se estremeciera. Después la alzó contra su poderoso torso, aplastando sus senos contra él, mientras deslizaba las manos bajo su falda para agarrar sus muslos y abrirlos para que rodearan su cintura.

–¿A qué diablos juegas? –exigió Rosie, atrapada por su fuerza y por la debilidad mental propia, que le impedía resistirse.

–Te deseo y me deseas, *moraki mou*. Es así de simple –gruño Alexius contra su boca–. Vuelve a casa conmigo.

–No. Hemos terminado, lo dejaste muy claro.

–No pensaba con lucidez. ¡Me sorprendiste y te fuiste antes de que pudiera hacer nada al respecto!

–¡Suéltame! –le gritó Rosie, desesperada por liberarse de su ansia de aferrarse a él–. Me fui hace una semana y no has hecho nada, ¡ni siquiera telefoneaste una vez!

–Pensé que tú me llamarías a mí –dijo Alexius, mirándola con expresión reflexiva.

Era verdad: había creído que ella telefonearía. Era una parlanchina, siempre tenía mil cosas que quería compartir. Había supuesto que no podría resistirse a la tentación de hablarle, y había odiado su silencio casi tanto como su ausencia.

Rosie flexionó los muslos y consiguió deslizarse hacia el suelo, no sin notar su potente erección y pensar que solo el sexo podía motivar a Alexius para hablar así. Se apartó de él con furia.

–¿Cómo te atreves a pedirme que vaya a tu casa? –preguntó, taladrándolo con sus ojos verdes.

–Es donde debes estar, en casa conmigo.

–¡Me dejaste! –le gritó Rosie.

–Te quiero de vuelta. De vuelta en mi casa, en mi cama, conmigo.

–¡Eso no va a ocurrir! –rugió Rosie, yendo hacia la puerta y abriéndola–. Tuviste tu oportunidad y la fastidiaste.

Alexius estaba indignado. Estaba dispuesto a compensarla, a hablar, no a suplicar audiencia. Había cometido errores, pero ella también.

Las puertas del ascensor se abrieron y Rosie se encontró de frente con su abuelo.

–¿Has hablado con Alexius? –preguntó él.

–¿Has preparado tú el encuentro?

–Cualquier cosa era preferible a veros actuar como adolescentes enfurruñados en extremos opuestos del salón –admitió Socrates.

–Hemos discutido –dijo Rosie a regañadientes.

–Pero puedes anunciar nuestro compromiso esta tarde –Alexius entró en el ascensor antes de que las puertas se cerraran–. Tengo toda la intención de solucionar nuestras diferencias.

–Anunciar ¿qué? ¿Un compromiso? ¿Estás loco? ¡No quiero solucionar nada contigo! –clamó Rosie enfurecida, entrando al ascensor tras él.

–¿He dicho acaso que tuvieras otra opción? –preguntó Alexius, apretando los labios.

–¿Y cómo vas a hacerme escucharte? –le lanzó Rosie–. ¿Te escuchas a ti mismo alguna vez?

–¿Sabes tú cuándo callarte? –replicó Alexius–. ¿Sabes por qué estás discutiendo conmigo?

–Me dejaste... te odio –respondió Rosie sin titubear. Se abrieron las puertas del ascensor.

–Lo superarás –afirmó Alexius. Se lanzó sobre ella y se la echó sobre el hombro sin previo aviso–. Te vienes a casa conmigo ahora mismo.

–No, ¡de eso nada! Suéltame –gimió Rosie mientras él cruzaba el vestíbulo hacia la puerta y los invitados los miraban con asombro. Roja de vergüenza, golpeó su espalda con los puños–. No lo diré una vez más, Alex, ¡déjame en el suelo!

–Ya tendrías que saber que nunca hago lo que me dices y que me resisto incluso a los buenos consejos –dijo Alexius.

Rosie parpadeó con horror cuando los flashes se dispararon a su alrededor, iluminándolos a ellos y a un mar de caras sonrientes.

–Alex... –aulló, aún asombrada por su comportamiento.

Alexius la depositó con cuidado en el interior de la limusina y se sentó a su lado. Contempló, divertido, cómo intentaba incorporarse y se apartaba el pelo del rostro arrebolado.

—¿Cómo has podido hacerme eso?

—No me has dado otra opción. Me da igual que publiquen un par de fotos cómicas —dijo él con una serenidad que a ella la desconcertó.

—¿Adónde diablos me llevas?

—A la isla, donde podremos pelear en privado.

—No voy a volver a la isla —refutó ella.

—Por favor, no me obligues a cruzar el aeropuerto contigo en brazos pataleando y gritando —urgió Alexius con impaciencia—. No tengo palabras para persuadirte y a veces las acciones lo dicen todo alto y claro.

—No has intentado persuadirme.

—Te he dicho que te quería de vuelta.

—¿A eso lo llamas persuasión? —Rosie estaba boquiabierta por lo primitivo de la idea—. Nunca te perdonaré por el espectáculo que has montado.

Alexius aparentó indiferencia ante ese comentario e incluso se atrevió a sonreír cuando Rosie bajó de la limusina en el aeropuerto y no demostró el menor deseo de huir. Lo cierto era que Rosie había sufrido un enorme shock al comprobar que Alexius estaba dispuesto a llegar a esos extremos para recuperarla, hasta el punto de exhibirse en público. Y en una cosa tenía razón: tenían que hablar sobre futuro de forma civilizada, por el bien de su hijo. A Rosie le había llegado al alma que su abuelo los considerara adolescentes enfurruñados.

Otro despliegue de cámaras los recibió en el aeropuerto, seguramente avisados por sus colegas del hotel. Pero no hubo más exhibiciones, Alexius y Rosie pasaron a su lado con decoro y subieron al avión. Entonces, Rosie se acordó de Bas.

—¡Bas está en casa del abuelo! —exclamó.

—No. Me ocupé de eso antes de ir a la fiesta.

—¿Qué quieres decir? —Rosie lo miró atónita.

—Bas y tu ropa volaron a la isla esta tarde —admitió Alexius con desgana—. Puede que no sea romántico, pero soy práctico, *glyka mou*.

—¿Y cómo te recibió Bas al verte llegar?

—Como a cualquier secuestrador, ¡con ladridos y mordiscos! Pero lo atrapé de todas formas —la informó Alexius sonriente. Volvían a la isla y se sentía mejor que en toda la semana. Aunque aún le faltaban las palabras y el enfoque apropiado, estaba convencido de que, si persistía, salvaría todas las barreras.

Rosie, debilitada, apoyó la cabeza en el asiento. Se preguntaba por qué Alexius le había dicho a Socrates que anunciara su compromiso. Parecía creer que podía convencerla de que se casara con él. Tal vez pretendía que, por el bien de su hijo, se conformara con un tipo que solo la quería por ese «sexo fantástico». Tal vez esperaba demasiado de Alexius, nadie podía amar por obligación. El amor surgía o no. Pero no tenía ningún derecho a criticar su ropa o su comportamiento en el baile. Tal vez estaba celoso.

«¿Alexius, celoso?», su boca se curvó con ironía, a pesar de que ella misma había sentido celos al verlo con Yannina Demas. Había sido como si le clavaran cuchillos por todo el cuerpo. Sin embargo, él había dejado la fiesta sin Yannina, así que sus celos no tenían sentido.

Se recordó que no podía jugar a dos bandas. O se casaba con Alexius o le daba libertad. Y, si se casaba con él, tendría que aceptar que no sería el marido de sus sueños. Sin embargo, pocas mujeres se casaban con su sueño. Alexius era el de ella, aunque el sentimiento no fuera recíproco. No la amaba, al final todo acababa en eso. No sabía si podría vivir sin su amor. Si sería más fácil aceptar un matrimonio práctico que vivir sin él. Lo cierto era que, sin él, su vida era pura miseria.

El helicóptero aterrizó en Banos de madrugada. La casa estaba iluminada y Bas salió corriendo a recibirlos. Ella lo alzó en brazos y lo tranquilizó con caricias y arrumacos.

—Esta tiene que ser la mayor locura que has hecho en tu vida –le dijo a Alexius en el vestíbulo, con tono entre incrédulo y frustrado–. ¿Por qué no me telefoneaste?

—No sabía qué decir. Me daba miedo empeorar las cosas y perderte para siempre.

«Me daba miedo» era algo que Rosie nunca había esperado oír de sus labios, la emocionó e hizo que deseara escucharlo para variar.

—No soporto esta casa sin ti –admitió él, entrando en la sala–. Tenía que hacer algo.

—Yo diría que ese algo ha sido excesivo...

—Desde mi punto de vista, no –afirmó Alexius–. Mi mundo está lleno de vida cuando estás conmigo, pero se muere sin ti.

—¿Me has echado de menos? –preguntó ella con los ojos como platos.

—¡Claro que te he echado de menos! ¿Qué crees que soy? ¿Una piedra?

—Me lo he preguntado alguna vez –Rosie se sentó en un opulento sofá y, con un suspiro de alivio, se quitó los zapatos, que la estaban matando. La había echado de menos pero no había sido capaz de llamarla. El hombre era un amasijo de complejidad y contradicciones que tal vez nunca entendiera; ella era mucho más directa.

—Te quiero aquí. Quiero casarme contigo.

—Eso ya lo has dicho —concedió Rosie, sin saber qué decir. Su rechazo se había difuminado según lo iba necesitando más y más.

—Sería un buen matrimonio —siseó Alexius—. Tú y el bebé seríais lo más importante de mi mundo.

—¿Cómo puedes decir eso? —Rosie lo miró dubitativa.

—Es la verdad —declaró él—. La verdad pura y dura, *moraki mou.*

—¿Y cuándo se ha producido este asombroso cambio de actitud? —inquirió Rosie, anhelando que la convenciera, desesperada por dar ese salto.

—Cuando dejaste de estar aquí —admitió Alexius—. No sé cómo, desde el principio te metiste bajo mi piel...

—¿Estás seguro de que no se trata de algo temporal?

—No he mirado a otra mujer desde el día que te conocí —Alexius alzó la cabeza, incómodo.

—Esta noche estabas con esa mujer, Demas —le recordó, temiendo esperanzarse, temiendo creerlo.

—Nina me llamó para preguntarme si podía ir a la fiesta conmigo. Es una amiga, nada más.

—¿Y de verdad no te has acostado con nadie desde que me conociste? —inquirió Rosie.

—De verdad —farfulló él—. No deseo a nadie más que a ti.

A ella se le desbocó el corazón y estudió su rostro, más esperanzada que nunca.

—Entonces me podría plantear quedarme para siempre esta vez.

Alexius asintió lentamente. Metió la mano en el bolsillo y sacó una cajita.

–Me harías muy feliz si te pusieras esto.

Su seriedad desconcertó a Rosie. «Esto» era un magnífico anillo de diamantes que destelló bajo la luz. Recordó que él le había dicho a su abuelo que anunciara el compromiso, pero seguía anonadada, porque no había esperado un gesto tan tradicional de parte de Alexius.

–Lo dices en serio, ¿verdad? –susurró. Sacó el anillo de la caja y se lo puso en el dedo adecuado–. No hacía falta que me compraras un anillo...

–Sí hacía falta –la contradijo él–. Lo hemos hecho todo al revés. Esto quería hacerlo bien.

–¿Quién dice que ha sido al revés? –preguntó Rosie, admirando los destellos de luz del anillo cuando lo movía.

–Lo digo yo. Tardé demasiado en entender cuánto significabas para mí... he estado a punto de perderte –rezongó Alexius.

–Te quiero, Alex. Desde el principio –murmuró Rosie con dignidad–. Te habría resultado difícil perderme.

–Te necesito –la levantó del sofá y la apretó contra su pecho–. No me gusta mi mundo si tú no estás en él. ¿Eso es amor?

–Solo tú puedes decirlo. Yo me siento muy infeliz cuando me despierto sin tenerte a mi lado –admitió Rosie–. Esta última semana...

–... ha sido un infierno –interrumpió él, metiendo una mano entre su cabello para echar hacia atrás su cabeza y contemplarla con ojos brillantes de ternura y aprecio–. He estado contando las horas que faltaban para verte otra vez. Y cuando te vi, todo fue de pena.

–Sí. Tenías a otra mujer a tu lado.

–Y tú no parecías tú con ese vestido. No me gusta que otros hombres te miren. Soy muy posesivo con respecto a ti, y nunca me había pasado eso antes. Cuando sonreíste a ese idiota con el que estabas bailando, ¡deseé matarlo!

Rosie le sonrió, empezando a creer que por fin era suyo, y más suyo de lo que había esperado.

–Te quiero, Alex.

–Nos casaremos en cuanto pueda organizarlo –dijo Alexius–. Dime ya si vas a discutir sobre eso.

–No discutiré. Me necesitas, te preocupas por mí y creo que en tu corazón también hay sitio para el bebé –dijo ella, con el corazón desbordante de esperanza y felicidad.

–Para nuestro bebé –dijo Alexius, metiendo la mano bajo su falda y posándola sobre su vientre–. Estás ensanchando, *agape mou*. Saber que mi bebé está ahí dentro es muy sexy.

Rosie se estremeció cuando su pulgar empezó a acariciarla, despertando de nuevo el instinto sexual que era una constante entre ellos. Él la alzó en brazos y puso rumbo hacia la escalera.

–Te aviso, no sé nada respecto a ser padre –dijo, con tono preocupado.

–Yo no sé mucho sobre cómo ser madre –le devolvió ella, acariciando su mandíbula–. Aprenderemos juntos. Tenemos todo el tiempo del mundo.

–Sé que te amo y que nunca dejaré de amarte –dijo él, depositándola con cuidado sobre la cama–. Me desconcierta pensar que podríamos no habernos conocido nunca.

–Pero nos hemos conocido –Rosie lo atrajo hacia

ella, hambrienta de sus besos, ansiosa por tranquilizarlo y envolverlo en su amor–. Y ahora estamos juntos.

–Juntos para siempre –puntualizó Alexius, mirando su rostro con ternura–. Me temo que será cadena perpetua, *agape mou*. No habrá reducción de condena por buen comportamiento.

–Puedo vivir con eso, pero no puedo vivir sin ti –susurró Rosie con un suspiro de placer cuando él posó sus sensuales labios en los suyos.

Epílogo

ROSIE bajó la escalera de la villa en Banos. Poco después de su boda con Alexius, la casa había sido modernizada y era el epítome de la elegancia contemporánea. Llevaba un vestido verde de alta costura, complementado por un conjunto de joyas de diamantes que habían pertenecido a la familia real rusa; regalo de su esposo en su primer aniversario. Cuando llegó al vestíbulo, una niña pequeña corrió hacia ella, con Bas pisándole los talones.

–Pareces una princesa, mami –opinó Kasma. Era una niña preciosa, con los rizos negros de los Stavroulakis y los ojos verdes de su madre. Su mente inquieta, su sentido del humor y su lengua ágil era una mezcla de ambos padres–. El bisabuelo está en la salita. Y está muy elegante.

Socrates Seferis estaba disfrutando de una bebida en silencio, junto al fuego. La fiesta que ofrecían su nieta y su marido esa noche conmemoraba su quinto aniversario de boda. El tiempo había sido amable con el anciano porque, aunque su pelo había pasado de cano a blanco, su rostro curtido mostraba más arrugas debidas a la risa que a la irritación. Había tenido buena salud desde la operación, lo que le había permitido seguir al mando de su cadena de hoteles y de adiestrar a Rosie para que siguiera sus pasos.

Rosie y Alexius se habían establecido en Londres tras casarse, cuando ella estaba embarazada de cinco meses. Rosie no se había matriculado en la universi dad hasta que su hija, Kasma, cumplió un año. Vivir en el Reino Unido había facilitado que Rosie estudiara Gestión Empresarial. Alexius tenía grandes planes para que su esposa trabajara con él tras licenciarse, pero tras unas semanas trabajando codo con codo con su marido, que le decía qué hacer a cada segundo, la habían persuadido de que no eran buenos compañeros de oficina. Así que Rosie había empezado a trabajar con su abuelo y a aprender gestión hotelera; juntos habían demostrado ser una combinación imbatible.

–Estás deslumbrante –le dijo su abuelo al verla–. Fui un gran casamentero, ¿verdad que sí?

–¿Qué quieres decir? –Rosie arqueó las cejas.

–Cuando vi esa primera foto de ti, tras investigarte, me recordaste tanto a mi difunta esposa, que recé porque hubieras heredado algo más que su aspecto –Socrates sonrió con ironía–. Alexius necesitaba una mujer terrenal que le diera un hogar y una familia, no otra belleza interesada en las compras y en la vida social. Por eso le pedí que fuera a conocerte en mi nombre...

–¿Lo dices en serio? –Rosie lo miró asombrada, atónita por ese grado de manipulación.

–¿No sois la pareja perfecta? ¿No eres feliz con él? –le devolvió su abuelo con satisfacción–. Yo creo que el riesgo mereció la pena.

Rosie sonrió, pero estaba atenta al sonido del helicóptero, Alexius se retrasaba. Pronto llegaría toda un flota de helicópteros que llevarían a la mayoría de los invitados a la isla. Otros llegarían en yate a la celebración del aniversario.

–¿No bebes nada? –preguntó Socrates.

–No, de momento –se evadió Rosie, que tenía noticias que compartir con Alexius. Para su sorpresa, Alexius había descubierto que le encantaba ser padre y era fantástico con Kasma. Sin embargo, el ajetreo de sus vidas había hecho que ampliar la familia supusiera un reto excesivo hasta hacía muy poco. Desde que pasaban más tiempo en Grecia, en la isla, el ritmo de sus vidas se había ralentizado. Tenían más tiempo juntos como familia, como pareja. Los ojos de Rosie se nublaron de ensoñación cuando reconoció el ruido del motor del helicóptero que se acercaba.

–Ve –dijo Socrates, divertido–. No te preocupes por mí. ¡Adora que salgas corriendo a recibirlo cada vez que vuelve a casa!

Rosie no necesitó más. Fue a la puerta delantera, salió a la soleada galería y corrió escalera abajo. El helicóptero estaba aterrizando y esperó en la pradera hasta ver a Alexius. Él saltó del helicóptero: enorme, moreno, increíblemente guapo, suyo. Su corazón se desbocó con la felicidad que llenaba su vida día a día.

–Llegas tarde –lo recriminó.

–Tuve que recoger tu regalo antes de salir de Atenas –Alexius sonrió divertido–. Estás deslumbrante, señora Stavroulakis.

–Más vale, es un vestido carísimo, por no hablar de los diamantes –replicó ella, irónica.

–¿Nunca aprenderás a aceptar un cumplido con gentileza? –bromeó él, conduciéndola hacia la casa mientras Bas atacaba su pantalón.

–Probablemente no.

Deteniéndose solo para saludar a Socrates y a Kasma, que se había acomodado en el regazo de su abuelo con su libro de cuentos favorito, Alexius llevó a su esposa al dormitorio y la besó hasta quitarle el aliento. Hizo una pausa e, interrogante, la miró con adoración.

—No, no tenemos tiempo —afirmó ella, controlando la excitación que ya la abrasaba.

Él se desnudó sin más ceremonia y fue directo a la ducha, sin dejar de hablar. Le contó lo que había hecho, a quién había visto y de qué habían hablado. Su reserva se había ido disolviendo tras su matrimonio: confiaba en ella y la valoraba, la necesitaba. Rosie era consciente del amor de su marido de mil maneras, a diario, desde la boda.

—Feliz aniversario, *agape moy* —le dijo Alexius, ya vestido—. Tu regalo está abajo.

—El tuyo está aquí mismo —Rosie se dio un palmadita en el vientre, con complacencia.

Desconcertado, Alexius parpadeó. De repente, sus ojos plateados destellaron al comprender.

—¿Estás embarazada?

—Lo estoy —confirmó Rosie con orgullo—. Aún no se lo he dicho al abuelo.

—Maravillosa, maravillosa mujer —dijo Alexius, mirándola con el corazón en los ojos.

Bajaron la escalera de la mano y se encontraron con Kasma y Bas examinando un transportín de mascotas en el vestíbulo.

—Tu regalo —aclaró Alexius, inclinándose para abrir la puerta de la caja, justo cuando se oía un ladrido agudo en el interior.

Un diminuto chihuahua blanco salió botando, y ladró como un loco cuando Bas se acercó a examinarlo.

—He pensado que ya era hora de que Bas disfrutara del efecto domesticador de compartir su vida con una buena hembra –dijo Alexius con una sonrisa malvada curvando su boca.

La sonrisa se acentuó cuando el cachorrillo obligó a Bas a refugiarse bajo una mesa auxiliar. Rosie soltó una risa y abrazó a su marido.

–¿Eso es lo que te hice yo? ¿Obligarte a esconderte?

–Pero salí a pelear –dijo Alexius, besándola a pesar de los «*muac muac*» asqueados que emitía su hija a su espalda–. Te quiero muchísimo.

–Y yo te quiero a ti –murmuró Rosie con el corazón desbocado, sin dejar de pensar en los invitados que estaban por llegar, en la fiesta y en las horas que tendría que esperar hasta estar a solas con el hombre al que amaba. Aun así, la espera incrementaba aún más la excitación que él le hacía sentir día a día.

Bianca

«No te enamores de mí».
Esa era la regla del jeque.

El imponente castillo y la tierra baldía de Merkazad no tenían nada que ver con la modesta granja y los campos de color esmeralda a los que la amazona Iseult llamaba «hogar», pero tendría que acostumbrarse a su nuevo entorno. El jeque Nadim había comprado los establos de su familia y ella trabajaría a las órdenes de su majestad, en un país exótico y lejano. Nadim era un hombre exasperante, pero también despertaba en ella un sentimiento desconocido llamado deseo. Inmersa en un mundo fantástico y sensual, Iseult iba a descubrir lo que era sentirse hermosa y segura de sí misma por primera vez en toda su vida.
Pero no podía olvidar la regla de oro del jeque…

Las reglas del jeque

Abby Green

Acepte 2 de nuestras mejores novelas de amor GRATIS

¡Y reciba un regalo sorpresa!

Oferta especial de tiempo limitado

Rellene el cupón y envíelo a
Harlequin Reader Service®
3010 Walden Ave.
P.O. Box 1867
Buffalo, N.Y. 14240-1867

¡Si! Por favor, envíenme 2 novelas de amor de Harlequin (1 Bianca® y 1 Deseo®) gratis, más el regalo sorpresa. Luego remítanme 4 novelas nuevas todos los meses, las cuales recibiré mucho antes de que aparezcan en librerías, y factúrenme al bajo precio de $3,24 cada una, más $0,25 por envío e impuesto de ventas, si corresponde*. Este es el precio total, y es un ahorro de casi el 20% sobre el precio de portada. ¡Una oferta excelente! Entiendo que el hecho de aceptar estos libros y el regalo no me obliga en forma alguna a la compra de libros adicionales. Y también que puedo devolver cualquier envío y cancelar en cualquier momento. Aún si decido no comprar ningún otro libro de Harlequin, los 2 libros gratis y el regalo sorpresa son míos para siempre.

416 LBN DU7N

Nombre y apellido	(Por favor, letra de molde)

Dirección	Apartamento No.

Ciudad	Estado	Zona postal

Esta oferta se limita a un pedido por hogar y no está disponible para los subscriptores actuales de Deseo® y Bianca®.
*Los términos y precios quedan sujetos a cambios sin aviso previo.
Impuestos de ventas aplican en N.Y.

SPN-03   ©2003 Harlequin Enterprises Limited

Corazón de hierro

DIANA PALMER

El ranchero Jared Cameron era un verdadero misterio para todos los habitantes de Jacobsville, Texas… y a él le gustaba que fuera así. Solo la dulce Sara, una vendedora de libros, se atrevió a inmiscuirse en su soledad, pero lo hizo únicamente para decirle que el libro que más se ajustaba a su personalidad era alguno sobre ogros.

Fascinado por su audacia, Jared sedujo a la sencilla librera; Sara no tardó en encontrarse inmersa en las secretas intrigas que rodeaban a Jared y él descubrió que debía librar una gran batalla: debía luchar por el amor.

El duro vaquero estaba a punto de enfrentarse a la pelea de su vida…

¡YA EN TU PUNTO DE VENTA!